U0743159

我的天空
你的城

一抹寒烟 著

中国华侨出版社

图书在版编目（CIP）数据

我的天空你的城 / 一抹寒烟著. —北京：中国华侨
出版社，2015.10

ISBN 978-7-5113-5689-5

Ⅰ.①我… Ⅱ.①一… Ⅲ.①散文集—中国—当代
Ⅳ.①I267

中国版本图书馆 CIP 数据核字（2015）第 232862 号

我的天空你的城

著　　者 / 一抹寒烟
策划编辑 / 周耿茜
责任编辑 / 叶　子
责任校对 / 王京燕
封面设计 / 顽瞳书衣
经　　销 / 新华书店
开　　本 / 880 毫米×1230 毫米　1 /32　印张 /9. 5　字数 /217 千字
印　　刷 / 北京中印联印务有限公司
版　　次 / 2015 年 11 月第 1 版　2016 年 4 月第 3 次印刷
书　　号 / ISBN 978-7-5113-5689-5
定　　价 / 28. 80 元

中国华侨出版社　北京市朝阳区静安里 26 号通成达大厦 3 层　邮编：100028
法律顾问：陈鹰律师事务所
编辑部：（010）64443056　64443979
发行部：（010）64443051　传真：（010）64439708
网　址：www. oveaschin. com
E-mail：oveaschin@sina. com

爱的天空，一座不倒的城

　　岁月流转，青春易逝，在生命的过程中，青春是一枚青葱的叶，延伸季节的脉络。爱情经过时间的磨砺，如夏云，冬雪，随春花秋月在流转之间绕过岁月的回廊，入心，醉眼。

　　一切都这样自然，带着执着和柔软，带着忧伤和浅思，江南的小桥，塞北的粗犷，血脉中流淌的爱意在如歌的岁月中缓缓向前，这是生命中最动听的旋律，把平凡的日子点缀了人间烟火，妙曼的旋律，也有一丝出尘的飘逸。当这样的文字进入眼帘之后，有一种温暖轻轻地在心头浮起。

　　爱情可以让生命复活，阳光，海浪，北地苍茫，婉约语言在浅诵轻唱中，回味绵绵，以至于跋涉的艰辛和旅途的艰难都让这样的文字沾满阳光的碎片，透着晶亮。这样的文字像一把柔软的刀片，轻轻划过心底记忆中结满的厚茧，喷薄而出的情愫折射岁月的光辉，照亮心灵深处那些守候的孤单。

也许，这就是一抹寒烟文字的魅力所在，在一次次聚散离别的悲欢里，感受爱情故事里迸发的诗意。行云流水间，有二月初红的醒目，也有"江湖夜雨十年灯"的小忧伤。月光与荷塘的对话，更是一份白云和蓝天的传说。作者在他的简介里这样说道：

"这是爱的凭证，也是旅途的记忆，那些留取的画面和岁月的流烟是北国的雪，是江南的雨，是一把伞下盛开的丁香。一路风景一生执守，是什么样的恩宠感动一颗柔软的心？

"生命没有停止，路依然在脚下延伸，躲在背后的繁华和落寞成为风轻云淡后的莞尔一笑。当逝去的身影化为尘泥，文字里的誓约保留着最初的色彩，在记忆的扉页上题写着我们的地久天长。"

这是一场时光的爱恋，因为爱的滋润，文字有了岁月的庄严，因为爱的执着，生命之舟才可以乘风破浪。字字句句潜藏一份男儿的热血柔情，倾注对生活的全部热爱，找回季节中遗忘的缱绻。

在作者给我们带来的这样一本书里，我们可以感受到夏花的绚烂，秋叶的静美，爱情的轰烈，岁月的感思。所有的苦难都会过去，所有的路还在脚下延伸，走过千山万水，那一弯清泉流淌在生命中干涸的年份，让爱情的果实，坚硬，饱满。

91熊猫看书总编

黄志强（笔名千幻冰云）

2015年6月

目录
Contents

第一卷

时光的眼里藏着谁

第一章

时光的眼里藏着谁

　　夜幕拉上的时候，一点灯光如豆。一双眼睛就是一个世界，时光的眼中，究竟都藏着谁?

　　送走青春，也就送走了你，对时间而言，人生太过渺小，我们走过不一样的日子也就感受到不一样的人生。礼记里说：二十弱冠，四十而强，当不惑之年过去之后，未知的事情瞬间不再奢求。

　　很多再见真的会成不见，轻率和任性早已经过了以前的年龄，江湖愈老心愈寒，而那时的月光和秋天拥趸的一切都是故乡的湖边最辉煌的景色。北国苍茫如烟，从兴凯湖到江南的几十年间，才发现自己在一夜间长大。

　　那时我以为故乡就是你，你的远方就是我。

　　秋可以多姿，斑斓的色彩让人震撼，红刺果、酸枣和遥远的骆驼刺都不再是荒芜的沙野上萧条的点缀。瑶池风光和江南的水色停留在记忆之后，怎么能不懂那时候的离开眼中载满一片蔚蓝。

翻江倒海的人生，然俗世多了浑浊，一夜西行的路上一碗酒浸透八月的单衣。背上离乡的行李，那月色和三月的桃花形成强烈的色差，乡愁带着牵念一直在路上走着。直到某一天你看到的时候，目光里的秋光和春色都是眼里的波澜，直到离开后的某一天，那些吟唱的歌谣留在远送的背影，曾以为就这样走了不再回头。而在家人无意说起你的时候，才知道你不愿舍弃的都是另一种方式里的打听。

关于从前和某一个地标的认定，有一些历史我们总是无法跨越，怀中的稚儿和父母的慈爱那时候都没有留住漂泊的脚步，理想的执着改变过生活方向。懂得亲人的期待，落叶定下最后的结局，在中秋夜洒酒酬月，不灭的理想在尘世的荒凉中挣扎多年后，忽然沉寂。

不再去追问，也不去讨笑，尽管有很多伤感在失望中夹杂失落，而对内心潜意识的不舍依然在一个人的时候搅动生活的平静。一生中什么比生命降临的终局更残酷呢？曾对一些疑问穷追不舍，等到明白后才发现最终的还是伤了自己。

浏览博客，忽然被一幅图片上的字吸引：温一壶月光下酒。好美的兴致，有如此心思的该是多么高雅和淡泊的品性才有如此心声。曾经那个人说江南的冬溪寒桥冷的时候，这样的等待不会生倦后随时间不了了之，那时候看着她的眼，连后来的归期都不敢相问。她微微阖上眼帘看着脚下的秋叶，脚尖在无意识地踢着一片银杏叶，刘海遮着额头，让我看不清所有的表情。心中忽然升腾一种失望，几十年前的旧忆在今天回想起来的时候有点莫名其妙，只是当时想，诺言真的敌不过时间。

多年后离开那里，我还是记得她长长的刘海遮住的眼神，却开始懂得时光的眼里藏着谁不重要，重要的是一个人的心中有着谁。有人在繁花无主时苦苦追寻爱的幸福，而有些人终究只把爱当成一季花期。黛玉说，花落人亡两不知，那时候她也不知道宝玉心中藏着谁吧！她所见的只是他撕扇子哄笑的晴雯，也看他嚷嚷要吃胭脂的轻薄，《枉凝眉》的感叹是自己心中有了他却不能容他，最后在宝钗大婚前命绝。

也许在她和宝钗之间，她永远不是宝玉结婚对象的最佳选择，直到今天红学家再说起她含恨而终的缘由，确立了性格决定命运这一理论。适合婚姻的，永远是宝钗那类人。

时光中藏着的东西太多，有人心，还有季节的莫测，六月雪不仅仅是窦娥的冤，生命的深邃和不可预知的未来能在瞬间改变人的一生。风一样也能改变季节的走向，如果你无法和一双眼对视，那么即使你握住的手感觉到的也是手心的凉。

不再责怪多年前转身的绝情，也更不会在如今苦苦追问那些别人不愿回答的问题，只有把快乐细心收容在薄凉的人世，我们聚暖只能靠自己去收集阳光的快乐。秋月寒水，疏离浅淡，虽然有很多渴念左右着心绪，当我们面对时光，寂守的心对人生的追求，有淡泊，也有浓烈。

第二章

栖　意

　　那天走得累了，总是想找个地方坐下来，当一片柳林在湖边出现的时候，躲开四月的阳光走进了绿荫。柳为缠绵之物，也多了些送别的含义，踏青的季节在一片柳绿花红中停留，风柔天蓝，坐在湖边一条长凳上看着眼前的景色，竟衍生了栖意。

　　为了生计总是不停地奔波，很难被一片摄人心魄的春光吸引从不侧目的眼神，赶着时光的节拍来去匆匆，唯一的情资甚至被生活挤压得越发稀少。这一生何时可以轻松地坐下来在自己最爱的人伫立的地方栖息，不再去苦苦追逐无法抵达的繁华。

　　等到山穷水尽，看柳暗花明，懂得轻重，也就明白进退，童年系在竹马上，一树青梅却是仰望的馋涎欲滴，那时候我们和很多孩子一样，在六月雨季等着阳光晴暖的日子摘几枚泛黄的青果，那些快乐的时光都沉睡在记忆中，成为后来感动自己的情愫，只是离开故乡之后童年也被带走，没有送别，只有人去楼空后的失落在少年的心里重重地疼了一下。

花开花落，疏篱上的喇叭花和菊花笑迎秋天，而四月柳荫似曾相识的身影一下就撞开记忆的门，一直在异乡行走，总有捡尽寒枝不肯栖的错觉，而你的领地也是苦冷的沙洲。从九月到春天，我用倒叙来追赶记忆里失去的时间，当秋雨喝醒我丧失的曾经，才发现很多年潜意识的飘忽不定是在寻找一种相似的感觉。

仅仅是一场相遇，内心的感觉就改变了整个世界，背影永远在目光停留的地方，听一场秉烛无言的诉说。隔着太多的山水感觉红尘的沧桑与静阔，很多沉默都是时间赋予的怜惜和深远，除了微笑告别也还有期待的重逢，因为谁也无法拥有太多的贪恋，不问，不说，能真正属于自己的是内心深处一丝自己可以触摸的柔软。

总以为两人的世界就是所有，记忆让人复活，也有人低估一季秋凉，关上门却忘了关上一扇窗。用理性抹去纳兰词句里的人生若只如初见，只把心留在向往的地方，只增不减。四季有了栖息的意，从烟雨回廊到塞北高寒地带，一路走过的碧水相迎和雪山草原都是生命的温柔相待。说过陪你度过这个最冷的冬，曾经的红袖相招在不同的阳光下炫目多彩，苍茫间点缀的春色是绣在心头的莲，让蛰伏的春色温暖你等待的笑靥。

秋雨绵绵地下着，那是冬的边缘一场泽润的洗礼，檐下飞溅的水花和消失的阳光叫板，沉静的秋积累冬天丝丝寒意。无法挣脱那些记忆，在清风相拂的十月天，夏天还在手心里摩挲，侧目望天五指护心，青衣和整个画面格格不入，目光穿过柳枝的间隙，有难得的洒脱自如。

那天的镜头不敢移动，春雨初歇，风在林间掠过也不觉得盘起的发丝被撩动。而隔岸休闲的人手捧一波烟水，目光绵延过漫漫长夜里的斗转星移。一颦一笑的梨涡装满了阳光投射的温暖，却不知道从那时起：山在回廊外，人在咫尺间。

此时，雨也添凉，秋分白露都在安静里清濯，夏荷丹桂纳了时光的点悟，一个滞留在柳色里的栖意被时间惊动后不再安分。恍惚间，有太多的画面从眼前闪过，远眺的瞬间原本就没有揽进四月的身影，能剔除的繁华也挑落岁月的沉疴。冬天来临之前，落霜的长椅上一枚枚树叶像一只只蝶儿在起舞，而那时的目光只能在青丝上滑落。

用记忆的拓片重新对照光阴里的故事，总是怀念高挑的身影在柳枝下模糊的容颜。手指划过季节的轮廓，最后携着春天的气息屈服。把奢念粉碎，当我们沿着诺言流浪过每一个异乡，那些不可遗忘的惺惺相惜如掬水照影，在枫叶碎红后度过最后的冬天。

人生遗落得太多，却总是把理想凌驾在现实之上，或者一山一水一地黄土，都是寸尺间立足时的幡然醒悟。

第三章

走在秋风里

晚秋，天凉，知秋而落的叶带着秋的风姿在风中旋舞。这是生命中最后的斑斓，用灵魂的不屈展示华美的转身。

秋凉如水，冷霜呼唤远方的初雪，灰黄的叶片离开后，苍褐的枝桠更见疏离和一份傲然。常青树也有叶的凋零，而肃杀的清寂中，几只雀儿欢快地在枝头跳跃。一种思绪却如天空疾走的云被秋风无情地驱赶，无法停住。

山寒水瘦，秋已萧瑟，目光随季节流转，我还贪恋夏的过往和春的瞬间那些不能放置的。能留住的美好总会重复和循环，一个季节从此和梦想接续。懂得孤夜的冷衾和无眠的寒彻，在寒灯挑夜的凝望里次次等待春的消息。

心，如那片飘零的叶，苦苦寻找最后的归宿。

无人知道一个人在秋风里等待的无助，焦灼的感觉被理智一次次按捺。想抓住飘过的云，舞动的叶，握紧的手在空气中摊开后讪笑着自己的痴傻，心，沉入一种温暖的想象。轻声笑语停留在葱绿的十月，那个菊花开满城池的户外，快乐才是心中拥抱的暖阳。一起感受同行的惬意与平常，目光中的渴望被情真迎接，春秋夏，多少碧绿染了梦的浓烈，冬的向往。

　　很想在这个冬天与你围暖卷帘，雪域的风光照满轩窗，湛蓝的天空下白云朵朵。风住尘香花已尽，在一盏茶里，春色溢满淡淡的菊香。走出户外，阳光渐渐驱散了阴霾，秋雾不再纠缠，能见度逐渐开阔。我不相信，对春天的执守只是一个冬的苍凉，看你去用一个落叶的姿势，把沉默宣告成退缩的无望。

　　无惧等待，季节总会往返，可守望更经不起牵挂的拨撩。心驱使着目光远眺，在限定的限量中独自想象。不怕不变的轮回中有一种坚持可以无果而终，只希望每一个季节来临时，你的容颜神采飞扬，你的梦一如既往。

　　捡起脚下的落叶漫无目地走着，这样的所为清闲也安适，树叶延伸的脉络和掌心纹路重叠，回忆春天最熟悉的模样。墨色里描摹的镜像在每一篇文字里渲染成秋天的美丽，用内心孤寂圈起无限的温暖。抚摸着掌心的黄叶，季节让人生明白得太多，而总有人明白得太迟，只能用无悔和无怨来缝补思念的伤口。秋冬交叉的边缘，夏的沉默成为秋天到来的开场白，用冬的换装，点饰一个人的天堂。

　　隐隐的离殇在心头蔓延，文字里的城堡和那一株柿子树都留在旧时相遇的路口。如果真的可以轻易放弃我今生的最爱，那么，所有的悲喜是不是用另一种方式来谢场。

把愿望扎根在梦想中，告别前的挥手相拥，心便牵扯在各自的天涯。把酒无欢，浓烈的液体随血脉燃烧在离心最近的地方挥之不散。一些心情犹如季节离去时的失落，懂与不懂，不再无关紧要。不要去了解季节的真相，当你知道夏天的真相后，它的身影就已经离开，因为生命本身就无真相可言。走在今年最后的秋色中，等待那一片雪花，和你拥抱岁尾时幸福的轻灵。

陪季节收场，不因忙碌而丢弃相守的诺言，告别夏天，只想用另一种方式在这个秋天为你的传奇写下完整的结局！

第四章

八月，错过一场雨

七月的梦挂在树梢，银河飞来的喜鹊各自散去，从远古的传说中寻找一幅画面，而立秋前的酷热却没有丝毫的凉意。雨落了几点就毫无声息，阳光晒焉了树叶，只盼着朝暮时分的清凉和雨无关。

八月独步，想象那年立秋时候期待月圆的结局，亲情的欢愉留在母亲的庭院，守着沧海，也等不到故乡的湖边一个身影步步生莲。如今七夕已过，一些奢望渐渐地淡去，再次出行时，便没了曾经那些焦灼的渴望。

意念被风吹散，嘴角含烟的浅笑在呼吸之间呼出一团烟雾，记忆里的忍无可忍总是被回首时的痛定思痛所阻击。那些牵心的痛成了一道无法破解的命题，只能看着一滴雨炸裂在荷叶上，空空地辉映阳光的七色，绽开成莲的神韵。

　　躲开命运的嘲笑，一次次流放的脚步追寻生命的定律，或者，很多爱情只能想在今生，爱在来世。用记忆穿越一个惊心动魄的故事，忘不掉北方旷野上粗犷的歌声在蓝天下回荡，也不会丢掉穿行的人流中频频回首的那个身影。血浓于水的亲情不会被时间改变，而你多年来的一直相伴早已成了亲情的不舍。这场雨止于八月，在错过的秋天深感欣慰，曾经的青梅嗅装饰童年的竹马。金樽对月时，已经千年。

　　谁的不甘沾染了世俗的成分，在一场三月的烟花里遣散最后的相聚，峰回路转梦里江南，一天梨花雨在这个八月告别的梦里粉饰记忆，才明白立秋后的坠叶只是誓言的缤纷。无寻的失落已经让牵挂的记忆变得毫无意义，笑谈时眉目舒展在侥幸的喜悦时不由自主，而异地寻找立足之地的孤独还在跋涉。

　　立秋了，烟水忒重了些，风牵的暗香抵面，只有七月荷和夏天藕断丝连。屏息静思、软香割断旧时相遇的初衷，一季的懂得再也无法驾驭曾经的你来我往。望江南，你还在栖息的小院中烹茶等候，泪光氤氲时用兰舟短棹划向四月天。

　　错过这场雨，荷心上涟漪折射阳光的一面，点点梨花满地，门内的红烛闪闪，照亮盼归时的冷窗萤火。

　　错步在七月，谁懂得季节的机关。一步走错时花语缠斗，你用竹扇遮阳远遁的孤独，那些轻狂被坚定否决，当你的笑容圈定漂泊的港湾，心可以触摸，真可以笑藏。

　　不说东风误，错过八月这场雨你也就是孤山云散，自愧这些年的幡然醒悟来得太迟，你渐宽的素装兜起半世风雨。贪图的容妆不是四季相离的苦苦追逐，只是曾经的红袖乱舞让梦里的长路在八月缩短。

昼夜辗转时长袖迎风，这一秋迈过的步步存疑被真相点破，呼儿换酒后的醒也是立秋时的整装待发，寒露前的霜娇艳菊花，清除记忆中的啼笑因缘。

这场雨，洗了荷花颜，自由的蜻蜓却找不到尖尖角，月缺月圆谢过四月天，迎合的媚笑说着冬天的委屈，却不知那场新竹管弦只为坚贞奏响，写完最后一章团圆的佳句。

算了吧，月缺挂疏桐只是七夕的喜迎，错过的大多都是少年相思时的纤腰盈握，万山红遍，一朵菊花插鬓，谁会在意落花流水时的痴怨凋零。

四季纷杂，错过的多总被消减在冷眼的围观。酒后真言却被讳疾忌医，酒酣讪笑也只是八月告别时的拥抱无言。

第五章

江南好 风景旧曾谙

从古城飞杭州时，心中带着一路的感慨，离开快两年了，我的江南，你还好吗？

飞机在高空里穿行，一路上多变的云层如我雪域的高原，变化莫测，又充满了神奇。极力地往身后遥望那片心中扎根的土地上，那里曾经有我，也有你多年来生息的城市里一个人行走的艰辛。

快到萧山的时候，浓湿的雨雾敲打着抖动的机身，飞机掠过钱塘江长长的江面，我再一次踏上江南的土地。

昨日还在品味古城的热烈与秋的萧索，而此时却栖身于吴地旧都。想着每一次离开时的挽留和想问的归期，温软不舍的叮咛撞击了耳鼓。挥别之后，一些话就留在了心底，有泪，却不再流。

这是你痴往的江南，多少山水的蛊惑是辞章中品读的静幽。小桥柳，阡陌之上，一把伞便是撑起的安闲。季节随岁月迁徙，我的脚步随一个目光辗转千里之外。这一季，陪你在秋的余音里采集枯风中的紫菊，也在黄鹂鸣柳的暖湖之畔相拥着潜伏的记忆。青瓦、小巷，城南竹门柴扉里桃花的落痕都是心中遗落的模样。

走在十月的江南，却感觉不到萧秋的寒凉，画桥烟柳下的三吴都会，我在轻雾缭绕的晨曦中再次感受到西子湖的润泽。而浓淡相宜的西子却是臆想中欲挽的身姿，坐在船头，思绪穿越在南北两地，带着你的梦想和嘱托留下江南最美的画面，同行的路上，天涯无垠。

三秋桂子已落，余香依然散发在这个城市的每一个角落，十里荷花，却是湖面上另一种生命的质感。夜间的一场雨涤了尘嚣，那种细腻与温婉像极你生气时的表情，在哄笑的低首后便晴朗如初。此时的西子湖被轻纱笼罩着，犹如那年我们青春的朦胧，悸动的相念在初逢的牵挽里成就缘分的不舍，一种情感便蔓延了一生。

上了小瀛洲，回望青黛远岚外的雷峰塔，阳光照射在水面，水影中的塔身静如处子。断桥不断，长桥不长，这座爱情之都里流传的典藏总是令人眉目伤情。疏密的柳是梦的轻缓在心中摇曳，总想象着在蓦然回首的瞬间视野中出现你雀跃的欢喜。阳光破雾的风荷岸边，这一生，你就是我独宠的西子。

站在断桥上，你似乎在对面凝望，湖面的小舟轻摇，雕窗下一个轮回在半掩之间上演。西风卷过的帘栊是你梦的妆成吗？在相应的同息里，握紧了不问对错的今生。

龙井山下，幽静的茶室里一杯香茗带着掌中的余温在手心捧起，碧绿的颜色是我们春天的鲜烈。红袖轻挽，沸水冲泡的柔情澄澈无杂，安静在一盏茶色里，你的颜安然如初在杯中浮现。爱也如这般纯粹啊，坚贞与执守，即使是天涯，也无怨无倦。

到了灵隐寺，远远传来的佛号随山风远送，迈进山门，原来俗念与佛地只是一步之遥。我如虔诚的信徒一样，五心向天，去点燃今生最大的祈愿。其实红尘就是佛境，总有一种庄严在心底若般，呢喃的低语里，生活的细碎在从容里摊开，宽和相告今生的无悔。

理公塔旁，传说中的菩提树屹立在苍翠的佛院，风穿过林间，透过我的身体，也能吹散你远方的发。丰盈的枝叶未见枯苍，苍褐色的树身无惧风雨的浸扰！而梦中的菩提果呢，是否在你许下的今生里生根、长成。飞来峰下，千年的佛像还在端坐，尘里尘外，我把最后的圆满留在时光的底片上，留在这一季的塞北江南！

第六章

故乡的云

对于故乡我总是没有一个确切的概念。很多时候一直在想，我的故乡在哪里？

外婆的故乡在山东，那是战乱带来的流离失所后的悲凉。童年的记忆里，我的故乡就在齐鲁大地，是离大明湖不远处的一个小小的县城。

外婆总是操着浓重乡音的普通话，一件那个年代特有的服装干净而整洁，自童年就给我熏染了文化的厚重与北方人的直爽。一直随她长大，从记事起脑海中就留下一幅画面；清澈的泉水，高高的东岳在幼小的心灵里生根落地。那时候，我觉得和同学们格格不入，不一样的语音，在他们的眼中我就是一个异乡人。

无法分辨此时与彼时的心境，也谈不上对异乡和他乡的区别，所以便注定了一生的漂泊。外婆曾是我全部的世界，七年的朝夕相伴着一身老式服饰和那张严厉也慈祥的脸。读一些枯燥的诗词，听一些聊斋里的鬼神故事打发着孤单的童年。

父母回来后，一些生疏是心底竖起的墙，彼此隔着很多无法跨越的距离，在不够当兵的年龄便任性地去了军营。只是我没想到在我离开的当年外婆也离开了我，一堆黄土前只留下撕心裂肺的哭喊。从此，不是生我却养我的湖边小城在记忆中渐渐地淡去，即使在部队我也会说，我的故乡在山东。

那是一种怀念吗？那样的怀念在青葱的时光里一点点的牵扯着心痛。每次听到战友说着熟悉的乡音，总是悄悄地靠近，生硬和直爽的话语在我的心里同拍同息。很多时候都是无声地站在一边，怕我四不像的语音再有套近乎的嫌疑。

留在江南原来不是我的本意，花开雪落，心中有个倔强的声音在一直提醒：你的故乡在远方，在遥远的大明湖畔，这里不属于你。一份秋凉一分晴，岁月的无情在颜上落痕，青春的无皱何时多了叹息的磨砺。强迫着自己，也坚信今生我的余生只能留在这里。

很多年后乡音已改，不敢忘却和无视心底那份熟悉的记忆。当我想你的时候，故乡，你究竟在哪里？我不能，也无力去挑战命运的安排，更不敢去读那首《乡愁》。曾经贴在信封上那枚小小的邮票染着我思念的泪，如今落在谁的邮册里？升值成一种永不磨灭的回忆。

那是一种长大后的分离吗？故乡，亲人，在逐渐理解的心念中承载了生命里无法割舍的亲情。一个长发羞颜的脸庞在后来走进我的生活，我把生命的温润粘贴在一段温情中，把江南当成了故乡，每次想起心底便是一阵轻轻地战栗。那段青春的擦肩带来怎样的回首？而快乐却抵在时光的背上，当我想你的时候，每个字符的落定总是能把悲伤遗漏。

还记得那个咖啡屋，也记得费翔一首歌里飘来的故乡的云。思念和宿命吻合，夙愿就是隽永的感动。把梦里的歌声唱遍每一个故乡的角落，江南的小桥，烟雨中的小巷和大明湖的荷花就是故乡的景色，还有雪域高原上一朵美丽的格桑花别在我们畅游的西域。这一切都停留在我经年的记忆里，每时每刻牵系着淡淡的思乡柔肠。

我想你了，我的故乡，一缕炊烟已经托起了明天的朝阳。我想你了我的爱人，捧盏的素手和温顺的长发陪我走过这些年的时光。四月杏花雨中三千软红是我生命中融化的血脉，随你一路尘涉，无惧岁月寒凉。

我想你了外婆，枯苍的手还在抚摸我的童年，额前的白发在梦里总是飘荡，那些希望与叮咛成就了生命的饱满。这是岁月中无法忘却的回忆，是四季里无法驱离的深暖。即使生命蹉跎，每一次想起的时候，心中便溢满了浅淡的温婉。

第七章

想你的时候

写下这个题目心里忽地一动：我知道，我真的想你了。

刚刚离去的列车留下车窗外熟悉的声音，转身的背影还在眼前停留。那种意犹未尽的感觉变成唇角的笑意，轻轻地，留在秋日的暖阳中。

犹忆当年四月杏花一夜雨，一种相遇随眉尖叠起的山水留在少年的梦中。拈花一笑随尘念着了水意，在冬的洁白中，眷恋的身影一起走在你我的天地。彼岸素锦，花开倾城，倾国念，止于书简。懂与不懂的话语言说过温妙的心事，宽容的笑靥从一阕宋词中穿过千年的烟雨。来去自如，在无染的尘世之外独自行走，我只把苍润透过单薄的书页，淋漓着最初的真情。

可以倾诉吗？那是一种心与语言的相合，一份曼妙描摹在相宜的岁月。指尖流淌的是风花雪月，也是温润可听的相知相惜。此时，真的想你了，我的远方是否在你感应的注目里，逐渐清晰一个熟稔的身影。

想你的时候，一枚枫叶带着秋的颜色如你灵魂的鲜亮，握紧的墨色演绎着脚步的从容与不迫。眉间巧笑，可以与日月共好，妆容不改，静守一叶兰舟可渡。

我想你了，我的朋友，心思放逐在指上，耳边流淌的是高山流水的弦音。或者你是五月的堂前燕，在快乐的天空中自由飞翔。莲心惠质，亮泽了梦的七彩，四季的景色，沾满了流年的多姿。绵而不疏，淡而不离的心志便是切切思念的本色。这份真口口相传，这份情依依不舍。

世事维艰，命运不偏不倚，行走在字里行间，谁的生命都有过尘苍与孤单。或者你就是雨后湖莲，山中的幽兰，也是掬水明目的清泉。同行的快乐里不再是弦断无人听的惨惨戚戚。那些幽怨留在李易安的"声声慢"里，阳光着满友情的花，在指尖生暖，在袖里沉香。

我坚信你是我远方的夕阳，余晖染成的金色就是秋的盛装。依然可以用一种暖色在岁月中斑斓。两千年的洛水之上，回眸一笑月下弄弦，裙衫舞媚玉颜如雪，谁皓齿羞眉、含笑如嫣。

这就是你们，给我每次想起的理由，万千红尘中走来的女子还是千年前那份明媚与轻柔。次次回首的传神，便是相遇里最真的感动。

十月，和你走在阳光下，目光指点的江山在轮回中依然如故。腮如雪，发如瀑，可否在目光中寻到如锦的少年。世间真情不是一个狭隘的局限，词笺中铺叙的场景，不会是过往的云烟……只因为有你啊，有了你，今生才得以重现。

披一程烟色，不再是苦行的跋涉，一纸浅墨，写满了思念的芬芳，笔端呈彩，有你轻挽的罗衣，字字句句便是不离的信念。时光流转，把真挚和爱恋安置在心底，即使明媚不再，也不问前尘往事走过的路上沧桑和艰险。

春华秋实，临窗眺，心思如玉，墨染流年。情重处相惜无弃，一双素手沾墨换一曲山高水长，千里之外的旋律不再是离殇一阕。放歌的高亢，再无步履的凌乱！

颜如月，墨字如夜，吟风弄月休归去，乡关万里，一字成书。想你的时候思念在梦里回旋，只是这份情，少了染尘的肤浅！

第八章

撕破幸福的屏障

"人生在世不称意，明朝散发弄扁舟"，千年前的李白，他的不称意是官场腐败导致盛唐的衰落，还是人生的失意呢？每每看到这首诗，心中感慨万千。

每个人心底都渴望幸福，只是生活的坎坷让一些人放大了忧伤的存在。每个人心底都有一种快乐的向往，只是在岁月的平淡中被我们无视或者忽略。艰难，坎坷就像一个无形屏障阻断了我们对幸福的追求和归路，在不必要的叹息声里，无助地绝望。

和你告别后，一直就把那些幸福和未来景观细致地描画，而人生的必修课，却因为很多的错失而忽略。曾经的轰烈经不起岁月的磨砺之后，一颗心便在生命的潮汐里起伏沉浮。爱情，幸福，快乐，这一波波跌宕在人生旅途中背负了沉重的枷锁。是谁在无声的叹息里用指尖宣泄的情感，无数次写满破茧而出的希望？

记得初年，月轻云淡，一个荒野中蹒跚而行的身影在秋季的斑斓下迎来心中的暖阳。或者，就在那样一个黎明到来之后，生命的色彩铺满了一种耀眼的光环，梦里苛求的温度在眸光的照射下，醉了夕阳！

多少年跋涉的孤单，感受众生的暖凉。当我们第一次触摸幸福的时候，快乐便是窗前风铃的摇响。那是生命里同行的惬意，用另一种怯怯地走近把心灵的荒芜填满。那是可遇难求的偶然，也证明生命的必然。山长水阔知何处，而人生很多的遇见在一个 C 大调的共鸣里难得有如此的琴瑟相和。希望在每一个共同的目标里踩着一个永恒的不变，与幸福有关，与暖昧无染。

风过，雨停，命运中交叉的纵横是与生俱来的难以改变，谁在幸福的路口却因为前途的艰难而畏缩。山色依旧空蒙，一个孤独的影像在世俗缠绕的心墙上凝滞之后，何以突破心的屏障。其实，每个人都有幸福的渴望，只是我们更多时候把得失衡量。

有人说，人生只是一次旅行，是在乎看风景的心情还是注重沿途的风景。其实，挽起幸福的牵连，不去犹豫和停留，谁会在乎山高水长。爱很容易，幸福也很简单，如果真的爱，会在快乐的边缘把幸福握紧，两个人的天空下，就是全部的世界。

生命的苦短，漫长的磨难在考验着每一个人爱情的坚强。时而的疲倦，在身心难以抵达的去处烦躁那是一种正常，善良的人难免被真情所伤，付出了爱，也就多了彷徨。因为善良，所以伤感，因为不甘，很多时候却难以突破幸福的屏障。都说越真诚敏感的人越是容易被现实羁绊，世上的忧，真的唯有杜康？

想和你说，心的理解和灵魂契合，爱情和婚姻简单的概念就是牵手的温暖，转身后不舍的挂念。爱人的名词是婚姻最后给予的答案，时间是最好的裁判，任何的虚假在漫长的岁月中都无法遁形，没有婚姻的爱经不起时间摧残！

学不会爱，便要注定承担，如果不爱无须去说一千个理由。爱情只以婚姻为目的，以快乐为导向。当爱却不会爱的时候，我们是否为自己所爱的人去真心着想。

昨夜，上弦月弯弯，我一直目送它落入西天云层，任由黑夜遮了帘栊。其实我们都知道，这一切孤守都成了彼此的习惯，彼此分离在远方城市，总有心神的融合。快乐被思念阻挡，幸福被世俗所屏障，唯一庆幸的是我们都在努力为一个方向跋涉。顶住世事的艰难，电话传递的心音，任世间强大的磁场也无法把爱的信息屏蔽。

为你，我可以承受所有的伤，可我知道，那不是你给的。思念一次次扩张，膨胀的痛在微笑里坚强，时间的长短可以验证一个爱的程度，而爱的坚贞和守护，在相知的相惜里更显得浪漫。

第九章

江湖夜雨十年灯

夏雨，下雨，一夜的雨淅沥如春的缠绵，滴答的雨声次次钻进无眠的枕边，在黑暗中敲响无人的安静。起身靠在床头，一段思绪，若即若离，一个身影，忽远忽近。

梦如锦瑟，多彩的斑斓鲜艳如帛，一个季节的相遇渲染了别一样的风景，素面朝天，青春的笑脸多了相逢的妙意。那一天，古老的长城上谁用一曲高山流水，拨弄了青春岁月里柔软的心弦。

依稀记得，一件碎花的裙袂带动着四月的风，高高的烽火台上，你用素手拨弄了烟雨的朦胧。年轻的心在季节里张扬，从此把生命的张力留在如歌的岁月。天南地北双飞客，一份俏意的灵动挂在梦幻的翅膀，雪色长裙上细致的纹路有一朵向阳花的醒目。一份邂逅，从此铭记了最真的心仪。

分别后，鸿雁传书，道不尽的离情别意光大古人的习俗，一起迈过那个春天，指尖酝酿留下不散之念。心思在灯火下明晰，祈愿在传递中共鸣，目光的牵引中心事不再成灰。万水千山，挽你的手渡你的沧海，耕耘爱的桑田。

相近相惜，三年无别，从不以为一个明天会是遥遥无期的等待。在深流里跋涉，在浅滩上流连，东晴西雨的七绝中你把心分成了两瓣，一半给我，一半留给你孕育的生命。积累半生的情感只在重逢的窃喜中勃发，随思念的泪垂下了相逢意。

只是，常聚常忆的龙西湖在含黛的远山倒影中依旧如故。回眸的婉转总有离世的快意在心中滋生，抛开这些繁杂和欲念，是不是还有明眸皓齿的容留我初识的真切。

还是那把琴，还是那方水，不曾想到的是：江南水的风骨留下你典雅的明媚是否会在我记忆中剥落，如鼋头渚的雕栏粉彩经不起风雨的侵袭。

一直相信，多少次告别都有你目光中真情的牵系。前尘后世的轮回，千年的辗转流离，我们总会记住那份约定，在合适的时间相同的地点相遇！

穿过时光的隧道，是那一季的雨让你唤醒最初的记忆？千年已过，谁让你在一次擦肩的相似中望而却步。在山上站成了一块风化的岩石。灵山下那佛前的一叹，惊了山前那一场少见的积雪，泪纷纷，淳厚的钟声把你的身影招至我不塌的神殿。七月丹霞似锦，古老的愿在有你的山道上就此成全。

可以为你抛却一路背负的沉重，可以为你守候那一天带泪的誓言。半世难离最初的相许，留下的青丝独自捻成天涯的连线。或者，把思念串成手中的佛珠留在静思的夜，遍遍在指尖捻起温润的婉约，似抚你的发，捧你的颜。无轻言离别的等待中，把一个人的孤独留在沧桑的尘烟。

走过，便相信跋山涉水的无悔，无惧青春化作苍颜。爱的真言是我仰望的蓝天。再无化蝶的念，用执守在思念的呼唤里发掘你爱的潜力。耳边的呢喃还是那一季缠绵的雨中脉络的分明。咫尺的天涯，俗世中围剿的无奈在坚定的无视中一一碎裂。

你还是我梦中的那一抹雪色，点缀着生命的平凡。七月的阳光，一丝祥瑞布满在般若门前，这一天，你从千年的莲台上走来，给我目光中隔世的鲜活。菩提树下，尘愿已了，只是你一定知道在我们相溶的血脉里，所有的悲苦七情我会独自担当，只要，今生你好。

夜幕中，雨声打不断思绪的完整，如潮的起伏，犹记那些一起相拥的同醉。远处的灯光射进帘栊，走过的场景还是初见惊艳。离别后传递最初的热烈，思念在额间纵横，唯你的手可以抚平微皱的颦眉。焦灼饰点呵责的失态，而你的脸上有我未曾发现的陌生的庄严。那是现实的沉疴么？只把不弃的念留在梦里高悬。

佛说：本来无一物，何处惹尘埃。尘身凡夫谁能无牵无念？眼角挂满的泪痕，惧怕相思无继，只想用今生暖你无温的子夜。滑过的泪也无痕，不曾忘那些聆听的誓言和触及的温暖，难道一碗孟婆汤真的可以忘了前世？泰然若素中，懂与不懂我都在佛前求了五百年，虔诚的叩拜在跋涉的途中。无须提醒，只需铭记，梦的蝶舞在苍穹下堪比苍鹰。那些皈依的经幡依旧是目光的猎猎，在千山万水的征途中，共暖沧海桑田。

第十章
一笑而过

　　这个世界，究竟是疯狂还是冷漠，是物质的欲望冲昏了头脑，还是因为一些内心潜藏的阴暗在搅动了人性的紊乱？在香烟的缭绕中去沉思：我想笑，却笑不出来，有些事情见得多了也不再像过去那样诧异。不得不承认广袤的世界里有些人、有些事只能一笑而过，无需用纠结和迷茫影响了自己的心情。很久以来一直存在的担忧，包括一些轻信的痴愚在顿悟后一挥而散，总有一缕阳光，会在真诚的笑靥上温暖远方。

　　总是相信生命中有一份真的存在，对于文字，对于生活，一些无关于自己的事物只能在沉默中忽略。纵然很多时候能伤害我们的总是身边的人，或者是离自己最近的人。因为一些事情的纠葛和关联，或者有利益上以及是情感上的纠葛，而受伤的还是最真的那个人。因为在乎友情，珍惜着最初的相诺才会心痛。而在茫茫尘世间，谁能坦然地面对谎言和伤害，一笑而过？

关于友情，这些年来在很多人的口中已经逐渐地少了，社会上某些卑劣的现象曾让人不敢去相信什么是真，什么是假。生活中的朋友在利益攸关的时候也会无情地背叛，不是因为损失那些简单的纸币而气恼，只是最大的心痛来自几十年交往中没有看透某些人潜藏的贪婪，或者是人性中龌龊的一面。对簿公堂，在良心和法律的较量中，一场官司草草收场。纠缠了近一年的时间，最初的愤怒是无法言喻的。朋友总是劝我，用失去的金钱来看清一个人的面目也是好事。这时候，我在疲惫中释然，一笑而过。

关于爱情，谁又能一笑而过，一生中的酸甜苦辣只有自己感知。托尔斯泰说：幸福的家庭都是相似的，而不幸的家庭却各有各的不幸。婚姻如鞋，合适与否只有脚知道，人生冷暖，如饮水自知。当婚姻以一种表面的形式存在，每个人能真实感受的还是心底的甜与苦吧。

为了生计，为了面子，为了孩子，一代代人有多少人做到破茧的美丽，浴火的重生？愿望，在心底堆积成最好梦境，而背后抹去眼角一滴泪的只是你自己冰凉的手。明天，要重复同样的生活，更多时候还要接受变本加厉的伤害。因为顾虑太多，你也不是你，我也不是我，即使心底有挣脱藩篱的欲望，也因为现实中太多的顾虑，很多人在叹息中熄灭了最初的火焰。

爱，有多种形式表现，人生不一，对爱的理解决定在所受的教育和生长的环境。古老的爱情中，郎骑竹马，青梅可嗅的那些场景是梦寐以求的。一份抱柱信用生命诠释生死一诺的豪情，当爱情被得失和利益所玷污，海誓山盟总是赊。

"相逢何必曾相识"这句话适合于任何情感，因为相遇，就有了推心置腹的知己和各种朋友。真正的朋友是可以包含更多的内涵，但绝不是暧昧或寡情寡义。人在孤独中很渴望一份聆听与倾诉，而爱情才是心灵契合中的长成。毕淑敏说："爱怕什么？怕撒谎，怕游戏的心态填充空虚的灵魂。骗钱骗物可以退赔，而对骗了爱的人，除了无赦，这一生，自己的心中也永无宁日吧。"其实友情也是一样，坦诚相待，那是爱情之外更有意义的心灵依靠，在生命中长久。

行走在一个人的天空，在缤纷世界感受真与假，诚与信。走过孤独岁月，感受生命悲苦，无惧艰难。在相逢中相惜，在天涯外感知一份真诚和美好，我们依然用阳光温暖自己。爱怕沉默，友情一样惧怕沉默和疏离，看惯了纷攘和虚无的繁华，我知道今生这份完整的期盼在播种真诚的同时一定收获美好。不去后悔被欺骗的相识，走过的日月快乐总会代替失望，宁愿沉湎在这友情的天地里，总比空守灵魂的躯壳去为那些表面的虚无而苟活充实得多。

从友情的角度看人生，世间值得珍藏的是一种不离不弃的同行同伴。正是有了一些坦诚相待的朋友存在，我们的生活才有了意义。而爱情在很多的时候是两个人的事情，只有面对自己的内心才会明白最真的想法。爱是一种信仰，需要果敢和勇气才能成就未来的美好。毕淑敏说："爱需要耐力，拒绝模棱两可，遵循一种'全或无'法则，迟疑和患得患失都是一种不负责的表现……"而婚姻又绝对不是两个人的事情，双方只要有一方家庭的不认可，那么就注定会留下悲剧的伏笔，这一点，我已经确定。

在友情里相惜，在真情中相守才是快乐，世上很多事情，仅有爱是不够的，不同的生活背景和习惯，决定了每个人对生活的认知和理解。但只要用真心去面对所有，人生才能得到最好的回报。

窗外，秋阳静朗而明媚，独守自己的蜗居，键盘敲打的秋天的音律却是一个人的祈语。多年的漂泊生涯从无知到坚信，一些迷茫最终风飘云散。或者，在时间的两端，很多人坚守一样的信念，在季节中有了潮湿的感动。因为你我的存在，我们共同拥有一份美好的世界！

第十一章

外面的世界

听到齐秦这首歌的时候，忽然地心就酸了，不知道是否有人看到了音乐响起时瞬间的泪流满面，这是游子的心声，在清脆的吉他声中无奈地诉说。离开故乡的城市，也离开自己的故土，流浪的脚步，十年走遍天涯。

办理好辞职手续告别的时候天下着雨，收拾行囊，折叠一种无奈的思绪。一切都留在那里，告别生活十年的江南，疲惫和辛酸却一起带回了故里。

送别的朋友陆续在话别，有不舍的怨怼，可没有人知道我无奈的眼神。从离开的那一刻，我知道今生不会回头。这里留下的酸楚太多，只是忙碌的生活让我忽略了孤独。只知道走的时候心底强行割舍的留恋，说不明，道不清。

她是最后一个来送行的，手里提着一个包装极其精致的盒子，看起来很沉。那个四月，风吹起的长发遮挡了她刻意低首的表情，沉闷的空气中流动着伤感："这是一套宜兴紫砂茶具，你喜欢喝茶，留下做个纪念吧。别忘了，这里的十年，属于你！"转身走的时候，我看到了她脚步的凌乱！

　　不知道什么时候喜欢上茶的，刚到月城的时候，一切是那样的忙碌，快节奏的生活和工作的性质，经常在江浙两地奔波。那个时候喝茶对我来说就是一种"奢侈"，哪有时间坐在一个静处去慢慢地品味茶艺的精髓呢？而生意场上的应酬却让人不得不如此，喝着工夫茶，极大地压住心中的焦急，陪一些客人海阔天空地聊着。时日久了，在无形之中习惯了喝茶而且上了瘾。每次去产茶的地方都是要买一点地方名茶的，而多数是拿来送人的，更不知道自己在俗世中，也变得俗了。

　　对我而言，一直地相信就是天天泡在茶道里，也不可能像一些名人雅士一样在茶里去领悟禅意，那一切离我太远。我喜欢用一个壶对着嘴直接地喝，现在，接受了朋友的建议，也文雅地用杯子喝茶，洗茶、温杯什么的挺像那么回事。那时候忙，是很少有时间坐下慢慢品茗的，每次跑完市场回来，对面的同事永远会在我的大玻璃杯里泡上一杯茶等我回来，当然，冬天除外。

　　如今闲赋在家，很多的时候就是看看书，写写字，一夜之间的变化惊讶了身边很多人。那个习惯漂泊的人能坐得住吗？其实谁也不懂能让我安静地坐在书房里的原因。学着茶艺里的模样摆好茶具，自得其乐，喝一壶茶，写几篇文字再感受一种心情，浊念便慢慢地淡了。闲暇之余，与朋友在网上聊着茶艺，说文字心得，谈古今风情，那样的日子享受着天涯外的惬意与真诚。

一直喜欢"龙井"、"碧螺春"，是因为在江南待得太久而喝惯了这两种绿茶。喜欢那种绿，极像江南的女子，气质典雅，高贵大方，而又温润如水。取茶，温杯，沸水一冲，嫩绿的叶片自由地舒展，茶香四溢，在冬天的时候，凝神注目，整个陋室便是春天。那是一种只能用心体会的宁静，把落寞和忧伤在氤氲的香气中冲淡。捧盏浅啜，看绿色的生命沉浮，感受着另一种芬芳，虽然不能脱俗却在安定中沉淀。

四季都离不开茶，曾经笨拙的饮茶习惯已变得娴熟，感受着灵魂的寂寞，却一次次把身体放逐在外面的世界。记得有人说过，身体和灵魂，总要有一个在路上，而我却把两者一起放逐。春天来了，在遥远的北方品尝精心泡制的"玫瑰花茶"散发出春天的色彩，把希望和芳香留在心扉。那是季节中初逢的欢欣，承载一份坚贞和真诚，用水的质感润泽生命。

那时，是一种怎样的心境呢，澄澈的眸子有了江南的水意，那一刻，忘了红尘。

生命就是一种旅行的过程，用永远的执着去感受真，任外面是世界缤纷，总会发现我们想要看到的风景。故步自封是一种沉闷，久了，心会倦怠消沉。读万卷书行万里路，即使很难做到，我却用漂泊的身形去采集阳光的暖，忍受着风雨的浸淋。这样的过程在寂寞中欢喜，在一个可以伴行的如月中丰盈一段人生。

人生如茶，品味它的苦涩，在坚持中就能有苦尽甘来的欣喜。走过岁月的坎坷与你相伴，在红尘中清欢，用相守的暖意直到白头。

那是一杯陈年的酒，在历尽艰难和坎坷后，更易醉人，不会因为时间而淡，总有一份痴顽，随着不变的足印，走向可以相握的世界！

第十二章

被风吹过的夏天

关于夏天，关于过去，关于你。关于昨夜在沉思中浮起的记忆，在梦醒后记录。

很久没有在意自己居住地方的凌乱，早上起来习惯地打开电脑，等待桌面上一朵向日葵绽放。忽然地想起昨晚的梦，笑着摇摇头。此时，我用独守享受一个人的自由，去调整一直以来纷扰的心境。

看到《张爱玲全集》，瞬间就跳出了她一句经典：爱一个人，可以卑微到尘埃。而不是爱到卑贱。

关了QQ，仔细地打量起这个陌生的家，博古架上，珍爱的青花瓶已经落满了尘埃。心中一阵剧痛撕裂了回忆的心墙，外婆的身影竟又一次走近了我的眼前。从出生到离开，我一直随她生活了十六年。当我匆匆从部队赶回时，只是那一堆黄土上埋葬我难舍的悲绝。一块玉，一只青花瓶，还有几十册历经动乱留下的书籍……

小心地捧起几百年的青瓷，温润的薄胎依然透着生命的光泽，小时候，我只能远远地看着，外婆在灯下用一块旧布慢慢地擦拭，细心的表情如对我无微不至的照顾。几十年过去了，外婆，你是否把灵魂附着在它的胎体上，随时关注着你生命中的最爱和留下的一切？

泪，一滴滴地落下，瓶身上那个扎着一个髻的童子搀扶着一个老者，似乎和对面的寿星在说着什么。用心地抚摸，心中的悔意阵阵翻滚。回到故乡一年多来，得到的和失去的究竟是什么？唯一支撑的信念在四季的孤窗下抒满自己炙热的情怀。当心陷入一种沦陷，是什么让我在心的旋涡里，泅渡苦海？

整理着书架，外婆留下的一部分古籍有序地排列。每一本书，都用牛皮纸包好过封面，暗黄的书页，有的从晚清和民国已保存到现在。二十年前，曾有收购文物的贩子出价四位数，从那以后，这只瓶也给亲情带来一些伤怀的无奈……竖版排列的文字和看不懂的繁体字在童年的眼里犹如天书，那时候搬着小马扎听外婆逐字逐句地给我说聊斋，讲《镜花缘》中的双面人。而《红楼梦》、《水浒传》只是提取的一些片段，如"刘姥姥进大观园"，"武松打虎"的小章节了……

拿起吸尘器，开始打扫三个多月没有整理的书房，把一册册书全部放在套间里的地板上清理着厚积的尘。它不仅覆盖在我视为生命的书上，也曾压在我的心头，只是自己没在意罢了。尘轻，却那么的重，时常挥之不去的叹息总是因心头积压的尘念太多沉迷在一些焦虑的孤独中，而忽略了生活中那些可以温暖自己的阳光。

从未有过如此的安静，此时，我的世界万物不在。几千册的书很多已经多年没有翻阅了，里面夹着的小纸条和写满年轻梦想的书签已随着岁月的流逝变黄。当一片树叶做的书签飘落，静静地看着剔去叶面的脉络那么清晰和完整，瞬间，我找到了当初！

照片，同学的信札，读书的心得从一本本书中被整理出来，走在过往的影像中感觉到生命的张力与活力。一百多本日记记录我从高中到2009年走过的风雨路程，当学会电脑后，手指再也写不出曾经飘逸的字体了。这一切，是庆幸，还是悲哀。

唐城的照片，从告别无锡时最后买的《文化苦旅》中掉下来，一年前的身影比现在显得那么单薄。《文化苦旅》，怎抵人生苦旅的艰难？离开你那一天，我的城市我的一切都在疏离的背影中渐渐淡忘，成了江南烟雨中迷蒙的楼台！

一年多来，几十万字堆砌了自己的空中之城，而你占据了我生命中所有的缝隙。那些破茧化蝶的愿望和浴火重生的誓言堆叠，便把今生当成唯一可以为你守城的人。时间过去了三季，思念的遥望在艰难的跋涉中明晰，用此生换一个明天，漫漫红尘，就此相依！

痛和快乐的形式并存，唯独可以安慰的是已在远方寻找到梦的入口，活在一个宁静的世界。灵隐寺钟声三生石的印记在年轻的心上镌刻了久远的希冀，月老寺的楹联崇安寺的雨，浸淋着今生最后的追忆，留在挥别的释重中！

一直思衬这些承载生命寄托的书籍和外婆留下的重托以何种方式传世，所幸的是唯一的女儿没有现代孩子的浮躁与势利，不刻意地追求物质，懂得一个人存世的根本之道。有时也害怕在某一天，我视为精神支柱的这只青花瓶变成别人的藏品，那些书，也会成为古董贩子眼中的惊喜。也许，让这些融入我生命的东西陪我一起去见外婆更合理！

拉起遮阳的竹帘，阳光一下就晃了眼，看着窗明几净的蜗居，一些阴霾也淡淡地散去。生命不可强求，它只会以自己合适的方式存在。记得那日走进潭柘寺，一个沉稳的笑脸陪我留在明净的灵台。

窗外的紫丁香开了，簇簇地挂在青褐色的枝丫，阳光下铺满了烂漫的笑意。那种紫如你裙袂上渲染的醒目，在无风的夏日摇曳着最初的温柔！被风吹过的夏天花更艳，空气中的热烈笼罩在行走的身影下，没有春天的优雅与从容，一切都显得那么匆匆。

不再顾虑炙热的天气，逃离了令人窒息的蜗居，阳光下毛孔散发出自由的欢快。曾经说过"夏不出行"的诺言在这个流火季节从容打破。

走在阳光里，一路跋涉，灼热的夏日考验着旅途的艰难，轻装简行，在无遮的天空下期待一场雨的来临。未曾想到的是，边城的夏日堪比江南七月天。

我知道，我会常来常在，那些不同季节的背景在文字里写成同行的婉约。相送，相见，再相别，一个陌生的路程在脚下从此熟稔。穿行在你的城市，你知道我终究会随时地归来，命运中反转的底片，铭记这个季节中另一样的炽烈。

盛夏的北方，有雨涤荡空气中的闷热，古老的寺，悠扬的佛号却是我眼前的清凉法地。芙蓉湖边，一塘荷花在同行的注视中盛开了娇艳的瓣叠，般若门里，日光菩萨拈指阖目，那一天，谁把虔诚的膜拜留在莲花座前？

去华山，青黛饰点的山峦入云，山泉淙淙，给亿万年的清幽流动清澈的遐思，这是我们梦里的净土，是烈日炎炎的夏季心的归处。

从东门入山，山风摇晃着高悬的索道，那一刻竟有晕机的感觉。紧闭双眼惹了掩口的笑，北高峰上望苍龙岭，苍茫几许？登上险峻的山道，拉住身后挂满同心锁的铁链，那一刻，清风卷起的快意懂了山的壮阔！一把同心锁随亿万年的山巅同在！

一个季节，三世梵歌再唱，清懿的莲心在一座座山峰的屹立，揉进夏日炙热的永远。半城烟花，醒目的繁华在心间高高地悬挂。一份清念着满你浅笑无妆在金锁关的山道上携手攀越，温暖生命中尘侵的微凉！

梦呓里的词曲，不再黄沙卷地的苍茫，流连在曾经向往的寺间，却无法脱俗还尘。精致的石雕莲台，可否用真情注入你无温的躯体，在轮回的法事，给我灵动的清新。

这是夹裹半生烟雨的漂泊和归宿，汉唐的金戈铁马难阻不屈的足音。这是四月樱花的柔媚，思念的种子在春天相逢的温润里成林。天涯远，几分离，缥缈的叹息中，那些不可更改的诺言只是在季节的变换里多了担忧和委屈。

不愿醒来，也不要离去，只愿你是我七月的雨，在四季流转的轮回中步步相趋。或者，阳关外的风卷流沙也会在江南的水色中慢慢浸润你梦的湿地。

走过塔里木，看尽五湖烟，岁月的朗光照我前行的孤单。你说，不曾相忘那口的相许，不会疏离相随的步履。还会把素颜绽放成三月的春好，用一生的不弃写完今生爱的传奇！

这是今生的相契，夕阳、古道、长亭，世俗无法淡化我墨间的痕迹。即使清念化作塔前的风铃，总在有你的时刻无风自鸣。而你，依然凝望佛前一烛明亮的指引，披风带雨，为荒原上最后的一丝绿意，长成天涯外圣洁的菩提。

往返，次次感知三千年厚重的尘惜，我只想在纷扰的静谧中牵你的手暖。陪你的青丝，等待岁月的终老。或者，这个夏天我终于知道，即使阳关外皓发作别，你还是我青春岁月里沙沙的更漏，随流光的舟，同渡、相牵！

第二卷
陌上花开，缓缓归

第一章

陌上花开，缓缓归

　　在时间里呼吸，那些爱都装进书里，文字里依然带着你的温度，陪伴四季寒凉。等待春天到来在原野铺开一层新绿，冬天的萧条被万紫千红替代。风聚拢了一切，包括很远的思念顷刻之间提起，亲人的笑语和父母的苍发在二月不再沉重。

　　告别杭州是秋天，满池残荷一天细雨说着那个春天的故事已经结束，踏青赏红成了记忆的奢侈，江南的春天开始无形变得遥远。冬至到来时流传几千年的节日在南北各自铺开，却无人在繁花似锦时寻找冬至的由来。时光依旧辜负，林华深处的背影走出眷恋的目光，难以感受的芬芳在一夜天涯时成为李煜的词牌。

　　林花谢了春红，太匆匆……

　　生命匆匆而过，能留下的记忆在凝神时反复思量，走在冬天的尽头寻找春天的生机，一盆水仙和梅花辉映让人忘了冬春的界限。一场冷酝酿生命的活力，我们用怎样的方式与春天再次相遇。

一年之计在于春，忍受的寒苦只是为了领略最好的时光，南宋时最美的风景被奢侈埋葬，一段亡国的历史留在废墟上真能开出花来？李煜的旧时上苑和车水马龙如昙花一现，一杯毒酒结束的后唐却是大宋后来的写照。

在自然山水中感受美，而历史似乎和很多人无关，得失患忧只是个人的荣辱，追逐阳光和春风的明媚，生命中炽热的青春被时间轻描淡写。春天姗姗来迟，岳武穆的"八千里路云和月"误解成单一的情语，太多人把仰天长啸理解为失落的自嘲。

钱塘十里繁华，三秋桂子落尽，江南春就留在身后。灵隐、西溪前临水照影，吴越王塑像前留下的身影是百花丛中最后的含笑。告别过太多的春天，西塘和断桥的灯火飘忽在黑暗的记忆，凤凰山下的桃红柳绿在如今看来鲜艳如昨，吴越王钱镠给其夫人的一句话在回首时惊艳：

陌上花开，可缓缓归矣！

在宋人笔记里看到这句话的时候，北方的雪铺天盖地，而江南的春天在不久之后就会到来。记忆的幻灯片一帧帧重放，太多的花事和千古情事难分难解，只有武夫钱镠的情语体现了一个男儿的铁血柔情。

沿着历史一路向前，白堤的柳浸染无数风霜，断桥边的枯柳冒出新芽。南宋的一个断代史上后人留下了太多的传说，苏小小的墓林徽因的铜像，甚至雷峰塔倒塌前白娘子演绎的痴情绝恋还在感动一代又一代人。而东坡一句"生前富贵草头露，身后风流陌上花"，点醒了谁的冥顽不化。

回到故乡之后，草长莺飞的江南已是十几年间抹不去的记忆，把岁月写成诗，太多的风景留在故国江山。物是人非事事休，花朝节里走过的历史在今天看来已经不足为道，对于春天的渴望却是梦里生成的图腾。流浪的足印被时间淡去痕迹，一个音容笑貌出现在寒食节，在三月春归时看杏花春雨。

那样的节日排遣不了愁绪，狂热的青春像一张泛黄的书页再也无力翻起。梦想和热情被时间消磨后，淅沥的春雨和暖暖的风孕育生命中第二次春天。关于冬季苍凉的布局被春风瓦解，花朵凝固了春光也凝固了一双回眸的清澈，西湖涟漪中散开的微波在镜头里入画，岁月中渗透的点点滴滴在钱塘的潮汐中沉寂。春花秋月中能记取的圆满像郡亭枕上汹涌的浪花，拍打生命中沉沦的颓废。

冬至和新年挨肩走来，江南的花朝节是二月的等待，附着在季节里的生命点缀完整的春天。她们是河姆渡文化中走来的女夷，也是苔溪上浣纱的女子，或者她就是冯梦龙笔下惩恶扬善的花仙子。盘古以来的誓约在唐宋的烟雨中流传千年，这座爱情之都留下的典故和人物在记忆中逐一鲜活。那时包家山盛开的桃花下有逗留的往返，明年花神庙谁供奉的虔诚迎接最美的花事，改变这场断肠的结局。

第二章

白雪却嫌春色晚，故穿庭树作飞花

在天气预告里半夜听雪，似乎听到雪落寒梅的沙沙声还有生命在春雪下萌发的蠢蠢欲动！把爱情写成小说有点不合时宜，只是很多遇见都是无奈的相告，也明白这场春雪惹了北方的忌妒。调侃说着南北的分差在春柳迎接时颔首，梅花映雪才知道一直踏雪寻梅的心在江南依然可以兑现。一杯茶里讨取的春天太久，倒春寒给人久久的夙愿：原来我们都知道跋涉的艰辛和疲惫的路程不分青春暮年，当漫天雪花飞舞的郊外看混沌的世界，录入的镜像和多年前重合。

很希望看到你眉眼入雪野时的况景，雪中折梅手轻举如初。回忆那年北方雪地上蹒跚的脚步和清脆笑声，青梅竹马的典故在时光的身后留下太多的遗憾。这些场面迟来很多年，枉自把一生的期待留于梦里听，青衣青山都是千里江陵一日还行走的披挂，花红抛在冬天的角落，而那年南国芳菲尽，北国正萧条。

在雪中看一眼江南故国，吟哦不出黄昏独自愁的新词旧曲。冬春离合的人卧在雪中看天地苍茫。抖落肩膀上的雪，却抖落不掉多年走过的风尘。

寂寞开无主，谁知山花烂漫时的笑留在谁的镜头。

和摄友披雪来聚，融化的雪洗涤娇红的颜，走在旷野感叹青春年少时的怒马鲜衣在梅树前苍老失宠，可你知道这些年的寻香逐歌少了你的唱和。拉下梅枝在春天的夹缝里探视，叠叠梅瓣如慵懒的心羞，在雪中冒出软红朵朵。

红尘太过拥挤，我们却找不到一条出路，回放多年前褪色的照片，失声的语言早没有相遇时的柔情万种。还是记得关于你的故事，记忆归纳在西湖山水，最后的雪颜舒展额头的鞏皱，再一起唱明天的"梅花三弄"。会不会再挽起从前？淋雪的词放在小说里有点不适，入眼入心的你在青春时就把相思写在桃花笺，等披上春衣后的胭脂红让爱情添色，再也没有对镜贴花时的人空瘦。泪痕红倚，九九冬尽，雪落寒梅芙蓉面在今天落座，冬天已经让我们痛得太多，能不能用谦诺的不卑冠上爱的名义随迎风傲雪的花烘托快乐的笑脸？终究不敢说起内心的真实，深深浅浅的脚步如履薄冰，碎玉沉重的铅华是今天雪的生成，更期待曾经的故事是竹林听雨的悠然。苕溪水清清，桃花坞浅浅，没有必要在烦扰间追求所谓的荣华，最初的遇见写成今生的地老天荒，别让目光撞上的宿命成为笑谈。

雪渐渐停了，午间酒肆里欢声笑语在各自端起的镜头前消失，乱哄哄截取自己镜头里的场景，原来我只是坠入红尘时的游子。在焦点上聚集的画面填满多彩的春光，尽管融化的雪水湿了厚厚的冬衣，迈动的步伐还有一份沉重的柔软。那是信念，用信念成就梦想再苦也不累，春花秋月不是临场的新欢，给我信仰的颜色就把你一生珍藏。一滴雪水落下时看雪霁晴空，时间抽打的忐忑忑忑总让人清醒。不再顾忌四季流转，就让这些誓言拥抱自己的唇齿相依，试问谁的一生又能做到快意恩仇？

整理照片在你的名字下落款，写一个姓氏诠释最后的因果。顶着寒冬腊月风看命运的戏谑，笑声惊起的飞鸟落在白茫茫的湖心。那一年的芦苇冰冷如剑，这一年的雪夜红梅朵朵，任白色的雪花冰冷成红梅的柔软。

目光沾上你的温度，相信古老传说中夜逃的狼狈是少年的胆怯，不要和季节商讨对策，我相信该来的来该去的去，一切自有天定。守着自己的梅园看时间翻云覆雨滋养春天的葳蕤，信念，让冬天败下阵角……

这一天，你用风骨傲节，留我一世的有声有色。

第三章

复活的希望

在冬天的一场没落里酝酿春天，每一米阳光都是生命中拥抱的温暖！

终究把与你的往事拉下回忆的帷幕，留在从前的故事浸透在时光的投影中，不曾忘记秋天的落叶在地上拼凑心形的图案，金黄色的树叶和远山的枫红打扮萧瑟。或者，没落的冬天百泉凝烟，一曲高山流水也谢了岁月风华，杏花村外的一支横笛在天穹下撩起思乡曲。与子偕老的俗念被阳光晾晒，只有在告别西山时盘起的发上那只簪泛着银色的流光，风中添加的寒冷被阳光驱散，有一个拥抱的姿势留在最后的山峦。

这样的轮转是生命和季节的交替，无论是冷暖寒凉都传阅人间一个关于爱的印记，也许一个季节只适合一个独有的表情存在，当一场薄霜酝酿一场花事，很多堆积的落叶将春天的柔软留在张开的怀抱，让严冬的凉慢慢融化。

那个与我相牵同行的手留在冬天，阳光终于化解了一切，在几十年长大的岁月中流连在湖边的你望着隔江的距离，江南小镇留下的目光在昼夜里遥望，却阻挡不了归来的帆。穿着笨拙的冬衣站在归来的码头，去年秋天的红叶慢慢凋萎，季节走出了宿命，却改变不了惯行的轨迹。

寸步不离是内心的感受，在冬天里泡一壶茶，黄花梨的茶海上说着江南茶事里心动的回忆。初见的那年你说着陆羽茶经的由来，甚至带我去苕溪上寻找历史的印记。当多年后我们回归到故里，一直流浪在山色空蒙的江南是茶的故乡，也是你的故土。烟雨小巷走出的你成了家的灯火，而我只是那梦里的行客，异乡的游子。

一杯茶里复活春天，这个午后阴霾的天气已经不足为道，庭院烂漫的山茶和梅花相映，竟然少了冬季的柔弱。这样的场面维护这个冬天的孤独，漂泊行走的疲惫亦渐渐褪色，太多的回望终于让人懂得，春离冬聚，一场喧哗散尽，故乡里懵懂的少年带着异乡的口音燃起思念的红炉，在一壶茶里养性，慢慢完成生命的苦修。

又是小寒时候，很多年前的那碗腊八粥还能找到童年的味道，捧起的心绪是离合聚散重逢后的感慨万千，也不再像寻路的游子扣扣异乡陌上的门，红枣莲子，葡萄和花生融合圆满的诉求，还有午后的一杯茶盏下递上的双手在触碰时生暖，生命和春天一起复活，那样对视的表情已经少了多年离开的忧伤，把畅饮的姿势变成了如今休闲的雅趣，从前颠沛流离的形单影只无法品味这样的生活，几片茶叶在沸水的冲泡下沉浮，那样的碧绿是春天的活力，也是生命舒展的希望。

离开湖州的苕溪，故乡和江南的水系紧密相连，一样的芦花一样的船帆在那片土地生生不息，在那个冬天最后看一眼陆羽的墓，他喝了一生的茶也早已凉了。当我回到故里，坚冰成了冬天的堡垒，我北方的城市那份等待也如思念的坚固，半生不歇的行脚穿梭在大江南北，来来去去的背影积攒太多的期念，只是那一年负气地离开将故乡和你藏在日记的背后，少见的家书也没有约定归来的日期。

人生如茶，茶里的禅和春意有太多的相似，苦尽甘来，舌尖上的禅意谁又能一一破解？一片嫩绿的新芽经过十几道工序，而生命从成长到消亡也经历无数的冷暖。回到故乡，这些年你守着一壶寂寞的泉水度过春夏，当这个小寒夜围炉饮茶，才发现春天采摘的茶叶就是隐藏的希望，红妆扫雪时用梅花入茶，江南早春的二月一盏红灯笼在门前挂起，走失的爱被家收留，一片片茶叶在杯中排列成不规则的形状，绽开一个春天的遥望。

第四章

二月初红

　　把相遇走成一城遥望的烟火，春风化雪后初红乍现，大地裸露的骨头是痛的苏醒。一片初红从血肉里生长在我经过的梅园，古徐国的城墙外护城河没有结冰，河边垂立的柳树在雨后泛绿，迎春的枝蔓冒出嫩黄的花无声无息开在时间的暖处。夕阳倒映在护城河，城外游人稀少，我却进不了关闭的城门。一座吊桥断了相思路，冬天堆砌的城堡磨去了历史的苍痕。

　　清寒测测，从古城堡失望绕回梅园，园内红白之间多了春意，三月未至，一株白梅却开出杏花的风姿。总记得江南三月，一次杏花开就让人醉梦不归，走在雨中的人撑起鹅黄色的伞，还有那身暖黄的风衣和迎春温暖了眼。那是怎样的一个人把寒冷行走成春天，大片的红梅林中几株白色的点缀，留下满目碎碎柔情。

定是那次遇见成全今生，笑脸在梅树下闪烁，江南的国度及早有了春天的初红，月下城墙，碧水微波，谁踏着思念的云影求不弃地跟随。故乡和异乡路没有区别，白梅如杏，仿若间树下的人笑如花开，风吹起长发上纷扬的暗香。

那年虎跑泉外的竹林伫立两个身影，李叔同的墓前响起长亭古道的笛音。坦诚说起初见的感觉，一味相思在林中梅树上散发，灵隐寺内香火闪烁满月的光辉和今天的故乡一样照着青色的城墙，一场雪驱散天涯的雾霾。再次走在春天，已经习惯那些年的纷扰愁苦变为沉默的微笑，黄色的龙旗猎猎作响，身边的梅花娇红灼灼，脉脉无语时，风定相思调，这一切变换从春天开始调弦。

"天长路远魂飞苦，梦魂不到关山难"，李白的长相思也是众生触痛的呐喊，有的人活了一辈子只爱一次，你却在这首词里守着青梅竹马的梦不醒。从来没有说过温情的话，只用春风绿遍天涯的虔诚看江风呼啸的背影，孤独化为寂静，却不知道思念的刀剔除相思的血肉，憔悴多年。

无法剥夺的春天还是来了，梅雪迎春时酒酣人醉，岁月洗净了铅华，从茶烟雨雾中走出的你依然露出了春天的风情。走过千山万水，守着四季流转的不变，竹林内吟唱的江南地已是芳草连天。也许春天从不吝啬，这场雨坠落的忧伤打湿烟尘，守望的孤灯下无数次把季节熬成一盏茶，春天的葳蕤在不经意间入眼。

"为报先生归也，杏花春雨江南"，宋人的词诠释最美的景致，江南总是离不开雨的缠绵，泽润生命万物。"画堂红袖倚清酣，华发不胜簪"，走进词中画堂，昨夜梦里镜像再也不是雪中梅所引发的怜惜。阶前碧草就在脚下，春水桃花就在不远的三月临门，此时再次想起钱镠家书也生生有了愧意：陌上花开，可缓缓归也。一介武夫之言少了粉饰的质朴，更把相思表达得酣畅淋漓。

时间打理岁月，我们却牵扯割不断的尘缘，此时望江南，却没有温庭筠过尽千帆皆不是之寂寥。四季跌宕起伏如江水浩荡，初红燃尽的夕阳下谁在老树前惊起一只昏鸦？《四时吴歌》再起，今夜的月如刀，《西洲曲》摇曳生姿的花编织最初的故事：

"忆梅下西洲，折梅寄江北。……采莲南塘秋，莲花过人头"。几千年的词句中无法参透生命的结局，红尘外谁是为我们送别的人？当几十年弹指一过面对春花秋月，那把独撑的天堂伞的骨骼已经折断，收拢一生所有的爱恨情仇。

走出梅园，夕阳晚照下红白相间，靠在太湖石上听风，二月风剪断寒冷的牵连，打量这半生走过的路，最后一站不再有脚踏雪泥里的风风雨雨，身临此景，一树梅花披三千软红，再无离意。

第五章

故乡的运河

多年前沿着运河南下，却把故乡丢在了河边。桨声渔火，船头上挂着的马灯一直在水波里晃动，这条生生不息的京杭运河养育我的先人，也养育这片大湖湿地。默默地河流已经流淌一千多年，在地球的版图上画出的线路滋养千百年华夏儿女的运河是生命的一种走向，她是一种柔软的力量，把古老的文明和现代的繁华无声地结合在一起。

追溯不到历史的渊源，从这条河里流过的岁月一直贯穿南北之间，漂泊的命运在一条河流上逐波。四时流转，在大寒前忆江南的冬天，身边这条北运河已经有了薄薄的冰冻在芦苇枯草边结成。江南的冬天很少有这样的景致，逝去时光中变换的季节，那些妆点寒意的雪花没有在今夜驻足，只有告别江南那一年一场雪肆意地洒在杭州。西泠茶社一杯龙井茶飘出碧绿的烟遮挡离别的表情，不远处湖面上的风月有着目光中相同的水色，喃喃的话语撞击失落的心墙。

在冷暖交替的岁月中跋涉，古老的运河和江南的冬天似乎是不可分割的连体，沿着运河南下北上，像是沿着生命的血脉在进行一场旅行。季节里上演的悲欢如今已经不足为道，河水里流淌的波涛淹没几千年来文人大夫以及一个个朝代的繁华。水乡航道和萧瑟的冬在河面上起伏沉浮，我父老乡亲的脸膛和一双双扯动船帆的手被磨出厚重的茧，一代代人的生命如同岁月一样被时光慢慢吞噬。

这条河可以追溯到春秋战国，而盛于隋唐，三秦废弃的驿道和阿房宫的烟火迷乱整个三月，历史坚硬的外壳被时间腐蚀，甚至这个冬天沿着这条河回到故乡的时候，湖面上古老的白帆所剩无几，只有小岛上新建的别墅昭示着时代的更迭。一片芦苇和残荷的梗在波涛的推动下左右摇摆，可思念里的人撞在时间的铜墙铁壁上应声落地，我的故乡在流浪几十年的脚步里再也寻找不到曾经同拍的节奏。

冬天就这样来了，在秋天没有完全离开前悄然而至，一朵朵干瘪的莲蓬低下高傲的头颅，而内心潜藏的希望落在肥沃的淤泥。隋唐明清的摇橹声留在江南水乡，西塘到通济河这条水道我和你一起走过无数次，再也没有乌镇临街的一盏灯笼在我们窗前点亮。

避开乱世，先民在这片湖汊里安家落户，曾祖父的酒坊在父亲刚出生时就倒闭了，他们弃舟登岸在湖滩的不远处搭起了茅屋，打鱼采莲为食的日子从民国一直延续到建国初期。童年的印记还有外婆留下关于祖先的故事，到我离开故乡的几十年后再看这条河流在现代化的进程中被污染的浑浊，内心充满了痛惜。少年的快乐和清澈的河水不复曾在，冬天无雪，夏日少雨，大自然被人为蹂躏后，日出斗金的淡水湖连冬天的鸟儿亦无踪。

忘了古人的训示，大自然还给人类的是无情的公正，很多年来只能看着一片芦花想象冬天的素洁，也在干涸的河道上寻找古泗州城遗落的瓦罐。逆流而上的青春记住我和你背井离乡的漂泊，朝代的兴衰与河流的曲折就是人类生命的写照，只是每个人都和故乡绑在一起，不能离，也不能弃。

我和无数的异乡人沿着这条河流迁徙，孤单的身影来了又去。沿岸码头上那只铁牛在高楼林立的城市边缘依然屹立，运河上的春花秋月演绎人生不同的场景，也是生命中永远留存的传奇和古老文明的象征。我的故乡我的运河，你送走少年的青涩和懵懂，也带走我们的岁月与沧桑，当古老的运河焕发另一种生机，故乡的水不再浑浊，阳光，荷花，白帆和渔火重新回到童年的快乐中，你的笑也一如那年的灿烂。

新年到来的时候，湖边的芦苇迎风摇曳，古老的码头上一条画舫驶离等待的岸。萧冷的冬天梅花点点，融在这片芦花雪海时的笑声惊动沉睡的鸿雁，终于知道我的故乡因水而兴，生命却因你而丰盈。

第六章

二月春风似剪刀

　　小年的热闹和爆竹声喧嚣围绕这个夜，一方红盖头也盖不住满屋春晖，给公婆敬茶时羞涩的表情在烛火下隐隐约约，等时间把美好沉淀做回忆，一碗茶的相思是后来寄来的回味，在剪梅的季节看迎春朵朵。

　　始终记得二月西湖水和一条小舟漂流的春天，阳光落在舷窗，雕花木格的光线射进摇晃的水面，端坐的背影长长的发是初识的青涩，一片乌云飘过给了打量你的勇气。远处的杏花在雨中越发清丽，清眉秀影印在眸波，懦弱的花草在探头时不敢面对寒风涤荡。只是那时候有了不该萌发的期望，在清寒中及早抬起仰望的头颅。

　　记得一切有关于江南的记忆，瞬间掠过的眼神定格在早春二月，无措和来不及收回的目光落在茶杯让你看到内心潜藏的春意。紫砂茶

第二卷　陌上花开，缓缓归

杯端在手掌，风晃动河面波纹，杏花成了春雨待嫁的容妆。

冬天犹在，却摘杏花归，小巷深处的背影留下江南最后的回忆，一支柳丝浮动水面，那条漂流的船停泊在红尘深处。断了江南讯息，太多的期望被失望画了句号，"祭灶"晚上没有童年老宅被烟熏火燎的灶台贴上的祈愿：上天言好事，下界保平安。最熟悉的红纸上写下的楹联在祖先生活里流传几千年，除夕一场雨淅淅沥沥飘下来的时候窗下那棵杏花鼓起的花苞和黎明一起泛白。从初一到十五，短短二十八天每个人都在忙碌一年之后享受天伦之乐，元夕留在三月，春天的钥匙打开三月锁，满园春色的红妆不再顾忌冬天的嘲笑。你不言不语从庭院走过，阳光照映一树的羞红。

闰月让今年春节来得迟，二月寡淡的心思无人可懂，一年年春节是一种煎熬，听着窗外爆竹看着别人的幸福。一家三口同行的羡慕留在别人的背影，细数多年来的艰苦和落寞，太多的孤独积累时间的警醒，喧闹乱了谁描起的妆？

谁都没有记得那一景，白首到老的词成了两山的遥望，唯一牵系的只有这条运河穿过长江之后流向东海。二月是结缘的春始，所有情有独钟在桃花上写成定局，灼红的颜色在时光的眸子里照映惨白的容颜，元夕夜月光满满的晴空下，天涯同辉。

等着三月杏花雨降临，湿地之莲开成绿水天涯。很多年忽略故乡这片水土，那不是嫌弃，只是总感觉到自己不属于这里。当人稀信渺的除夕来临时才领悟所有节日那些万家灯火下掩藏的欢乐，这山关万里路九曲十八弯的回廊不再是晨雾里的天堂路，原来所有的离散都是人生必经的坎途。

在石桥上路过冬天，思念的沉疴被春天治愈，有人在码头上品味今天的酸甜苦辣，湖面雾浪翻滚，泊岸的舟随风摇荡。其实我一直在等最后一条船驶向约定的城市，去兑现四月梨花开满的故乡承诺的一切，云里雾里的镜像留在储存卡置放在屏幕——回放，才知道错过的佳节都在日暮西山。离开后不再惧怕三月不来，一碗酒壮胆就可以独步天涯。想续写断了日期的日记，却怕古道上三千相依还是孑然的梦，水流过眼底，那片孤帆收起缆绳随波逐浪，离开这包容天地之水的湖。

一眼春波散了，五月芦苇围栏碧水蓝天，在寒冷孤寂的等待中杏花慰暖，放下一颗拒绝冷漠的心。无情的季节恢宏的人生总被现实践踏，搁置虚无的幻景，容许将不快隐忍，跨越隋唐沿着运河一路向北，冬雨湿了寒衣，沉重参差天涯。浮生若水，艰辛不负心，当你在窗下抚摸带雨的发梢，似曾相识的脚步踏春而来，濡湿的眼神撒开一丝寒冷斟酒入盏，饮下那年一杯酒的幸福！

第七章
冷　晴

　　有些人注定会留在记忆不会忘却，少年的人约黄昏到如今的月上柳梢头眨眼就是几十年过去了，等岁月走成了白首，一个失约的人终于再次走入生活。圣诞元旦的背后数着镜子里一根白发讪笑，佳节良辰里的未归人一场长途奔波成全团聚的心愿，思念的翅膀在多年后收拢。

　　这个圣诞寒流急下，江南在二月入春后希望所有的寒冷都会慢慢地离开。为赋新词不说愁，品一壶茶，躲在温暖的室内做着春天的梦。看一本很久以前喜欢的书，不再说云舒云卷，也不敢说笑看人生朝来寒雨晚来风。目光抵达不到的去处淡香在寒风中慢慢弥散，人生很多事不能周全也不能两全，只是为生命里无由的喜欢和烦恼都是感受岁月中感受的真实。尽管很多时候亲友不能常聚，只能在电话的问候里偶尔打个趣，思乡的日子把一杯酒捧成望眼欲穿。

爱情被时间消磨了，能留下的只是亲情，时光的眼里藏着你，二十多年过去，留恋的童话已经不再是少年时那些憧憬的华丽。每到岁尾，这些舶来的节日在开启的记忆中有太多美好被时间蚕食，曾经的青春年少被岁月打磨成熟的模样，只有记忆的青铜鼎上撰写的铭文辨认彼此的地老天荒。

酒后微醺，触摸紫砂杯上的温度抵御南方第一场寒流，暗紫色壶身上雕刻的梅苍枝遒劲，素色的玻璃杯温热如玉。记忆在纸张上铺陈，一个绽放的笑容从远古走来，那双泡茶抚梅的手势在一曲笤篌声中暂停。凝视墙上的钟摆出神，悬挂的照片早就变黄，只是一曲歌罢不见清影笙箫置放在何处。校园的口琴远不如杜牧杏花雨中的短笛声来得悠扬，吹着童年的口哨却惊飞榕树上午睡的知了。

站在记忆的重门，你盛装入室时的羞怯在后来的日子中逐渐消失，从你城市离开再一次次回首，几十年前的音律只能在团聚时哼几句变调的歌词。一首歌里找不回青春少年，就像一尊破碎的鼎上断裂的铭文再也无法还原。历史和记忆杂乱无章，尽管我们理顺今生也理不顺前尘往事，这个冬收编了所有的冷暖寒凉，季节的冷色用梅花的色彩来填充。千百年间我们怀揣所有的爱情故事去演绎，到如今只有尾生的传说留在李白的《长干行》，那样的誓言刻在石柱上成为太多女子膜拜的图腾。

终究是凡夫俗子，时间几笔勾勒就概括了短短的人生，站在冬春的交界处，一树梅花也染了岁月的光晕。不想在古老的传说中添加爱情的传奇与悲剧，季节的改变都保留最初的誓言，时间的魔术手染过三月桃红，生命的苍林也被秋风劲扫，只是青衣红袖上的旧图案还是游龙飞凤的喜庆。关于对信诺的守候即使在苍茫的北国也是江南靓丽的风景，因为你还是相册中没有丢弃的照片，哪怕时间把我们都抹杀，也有最原始的记忆留给来生。

多少年前拉住的手恒温犹在，只是容颜的饱满被时间侵袭后沧桑满面。且许那些灰白的发权作初冬的微霜，泯尽恩仇一笑，平静的表情透着别一样的暖。踏遍故国城池，几十年的笑容和承诺没有被时间扼杀，天气晴好的时候，冬阳下晾晒多年前的日记，青春时被涂鸦的表情不动声色。一份红尘承载短暂的一生，院中的瘦梅在冬天里圈围，那些分别的泪水像烟渍一样留在泛黄的牙齿。圣诞的烟火照亮这个冬夜，有一双手捧住埋下的脸，长发遮住了时光的眼睛，一颗心，在季节里转场。

第八章

立 春 祭

那一年春天，带着孩子在故乡的一片旷野上指着远处一块黑色的墓碑说着悲伤的往事，女儿带着孩子也放缓了脚步慢慢靠近。那天独坐在三月田埂上，摘一支早春的花捧在手中。

春天来了，所有的寒冷终将过去，迎春花的颜色沾上一股富贵气，那些对春天的祭拜留在冰天雪地，冷风的节奏一下变得迟缓起来。

这个早上天气不算太冷，厚厚的冬衣和江南的雪一样快要退装，偶尔的雾霾给前方的路使了个绊，阳光出来之后终究是一路坦途。冷涩的冬黑色的衣在冬至时已经穿在身上，墓碑孤零零地留在不是故乡的土地，秋草冬霜折服了昂首的骄傲，那样哭泣的节日直到立春后还戚戚然。前些日子的雪凝在坟头，立春的脚步惊醒了沉睡的冬，一杯酒和一叠纸钱在天空中飘舞，墓碑上刻下的名字都是生者的伤痛。旷野中一个弯腰跪拜的空间，逝的不舍和生的死别是滴落在纸灰里的泪雨，给春天带来一丝凄凉。

绕碑转了一圈，这习俗是伤心的环绕。从立冬到立春，目光一直停留在石碑上，掠过你的生平，却再也不能听到熟悉的乡音。记忆中留住你的慈祥，一叠纸钱也是寄托的哀思。一张张纸蝶在飞舞的天空，就感觉到这样的心意被您接纳，一团火焰熄灭之后，青烟在飘缈间带去我的祈愿。那些说给你的话你一定能听到，当落雪飘满孤立的坟，你可否听到声声呼唤，收到愿你在天堂里一切安好的祝福。

寒风中，迎春开了，藤蔓上醒目的颜色是您留给儿孙的希望，当我们不能再依赖您的照顾，再也听不到您的唠叨，这一层黄土隔着的距离真的让一切都变得鞭长莫及。我不敢面对这些年的一切，在没有您的日子独自承担的悲戚。或者在昨夜的床边您无语的身影来了又走，可我知道每一个表情里您想说的话我都能听懂，您听到了我的喃喃自语，却不能再用一双手擦去流下的泪。总想和您说些什么，而一切都没有来得及您已经离开，所有的祭拜也都是一生无法尽孝的悔意。这样的天气花草无色，您还是在那年的一场冬天抛下我们。忘不了长大的记忆，也忘不了目光里的护佑。当我带着孩子在您墓碑前含泪，您不知道重孙已经懂得看着大人的表情后哭出声来，一声声呼唤在天幕下回荡，我们奉行俗世的习俗，留下今生永远的怀念。远处的墓碑和残留的雪让旷野更孤独，并排的名字只是陪伴的慰藉，或者多年后我们都和您一样接受后代的祭拜，可是活着的人永远承受的隔世之痛，只能在一排红字上方的照片上看着彼此曾经的笑容。

西方人说：生死不同，逝者的灵魂升入天堂，我想问您在天堂好吗？其实无论活着的人有怎样的沧桑和生活的面容，他们还是带着孩孙在您面前失声痛哭。当我们接受时光的赋予，命运的跌宕在今天已经不足为奇。多年后我跪在这里，知道这一堆火苗照亮以前的路，燃烧的温暖是永不消失的亲情。

一步三回头，心中带着祈祷折返在这块墓地，以后的日子不再像多年前那样任性，这样的伤痛也不因为时间而薄淡。我知道您以前的叮咛是慈爱施以的宽慰，无论生命留给我多长时间来铭记，我知道，我们都已经长大。

第二卷　陌上花开，缓缓归

第九章

冬天里的春天

你的柔情，终结我漂泊的江湖！

当圣诞的雪花在北方飘起，最后一枚红叶随风落下，大寒的脚步轻轻叩响午夜的帘栊。东至过后数九，一盆红泥小火炉驱散入夜的冷。一壶酒消磨寂寞的时光，入冬后的昼夜在黑白的交替中寻找春天的气息，在记忆中融化光阴的冷暖。

穿越时光的隧道走在唐宋烟雨，不为人知的故事蒙上厚厚的尘埃，守着古老节日里闪耀的烟火，我们从北回归线走来细数冬天的日子。原始的认知在尽九后迎来新春的初雨看春暖花开燕归来，圣诞夜说起画梅消寒的典故，一方铜镜照射的容颜在烛火下映红。元大都的风雪冻结征战的马鞍，南宋白墙上再也开不出一朵血红的梅花，一支新蕾在细雨中孕育，却不能在宋词中寻找驿站外那株病老的梅树。

已是黄昏独自愁，断桥边的梅花暗香如故，一首词里消磨不掉未知的日月，陆游的咏梅言志道不尽岁月寒苦。记忆的火种点亮漫长的冬夜，谁说大寒之后无好景？季节在冬日里鲜活给希望带来一丝暖意的期盼。

笔锋转回江南，一池荷塘替代冬天的萧条，周敦颐的《爱莲说》不仅是内心的信念，也是庭院深深处摇曳风景：几米见方的水池里生长的荷花都是迎风舒展的摇曳，也是烟雨楼台中隐现的品质。

西湖的记忆永远那么近，近在咫尺之间，端午后的湖面各种荷花已经盛开，走在白堤闻着清幽的芬芳，夏天映日荷花的热烈和碧波上的清雅形同一幅记忆的水墨。采莲少女摇着小舟穿行荷花丛中，一段水乡故梦承载悠悠岁月在时间里缓缓而行，荷香四溢的季节有一个身影伫立在岸边，却不知道莲的心事在清波下汹涌。冬天离开很久了，而一种永恒的姿态还是出淤泥而不染的皓洁，浮在水面上的莲花和倒影折射千百年来美丽的风姿。在古老的歌谣里寻找一个采莲的身影，那时候围炉煮酒的对愁无眠是大寒过后新年的等待，而大年夜钟声送走的归客踏着江南薄薄的雪，把绵软的韵调留给七月。

那一朵莲是前世许下的信物，莲子，怜子！低头弄莲子的娇羞令世人滋生多少怜爱，夏日的船桨荡开冬日的薄冰，在冬夏的空隙寻找遗落的春天里一个成长的足印。尘封的记忆呼之欲出，旧日的情怀陪伴漫长的冬夜，断桥上的落雪凭吊如真似幻的往事。青春灿烂的岁月在轮回里绽放，那些愁绪如寂寞的莲花被故乡的湖光山色衬映，在记忆的背景中慢慢褪色。

从节气里解读出的情感知冷暖却不知进退，庭院的梅和粉色的莲荷见证彼此走过的生命中无法抹去的痕迹。南宋烟雨重复不了当年的故事，南屏山下的荷香留不住漂泊的游子，西湖的烟波打湿了行走的单衣，在秋风里散尽夏日的热情，偌大的西湖停不下一楫小小的舟。

记得灵隐寺前送别的菩提树，秋声已经遍及山峦静野，楼外楼前的离别声有秋荷听雨的哀怨。相逢于夏，别于秋，那一年的杭州在冬天来临之前已经留在记忆，西湖烟水间的才子佳人在历史的烟云中销声匿迹。

又是一年四季轮转的悠长，那样的岁月中一首词，一幅画面温暖这些年离开的冬季里行走的孤独。一朵梅花和一池荷塘中的一抹艳丽消减了寒冬的冷，季节中走过的习俗填补心灵深处温暖的渴望，立春之后，沉睡的生命被春风唤醒，再次跨过冬天的门槛！

第十章

山梅抚冷香，冬至日迟归

时间透支了所有的心愿，三个季节的冷预支给冬至，秋天的色彩开始从南方视线里淡出。香山红叶和燕山雪抵不上故乡的碧水白墙，一枚红果孤零零地挂在褐色的树干，寒水蒙烟，冬天持着冷色的画笔把北方的领地抹上了萧条的颜色。

那幅秋山草堂图把一片山水润成萧寒的色带挂在墙上，虽然是赝品却依然带着古朴的味道，冬天布局时，飘零的树叶成为 T 台的空秀。阳光投射枯枝上的红刺果被一双手采摘，虽然比不上三月软红的醒目，严寒嫁接的春风让所有的凉媚不再因今天而寒厉。

越过自己的冬天和你一起回到温暖的地方，北方的冷再也无法侵袭单薄的身躯。又是一个节气的重复，其实这个冬天不算冷，只是心情却无法和从前比较，接踵而来的圣诞节氛围不再热烈，敢念不敢提的往事就沉溺在文字的记忆里躲藏。那年今日的冰雪寒梅是一道渴望的风景，到现在只有一丝忧伤掠过后再无痕迹可寻。很多漂泊的苦难在今天回味，只是很多人都忘掉了一句话：好了伤疤忘了疼。

十年了，感叹时间的飞逝和青春的不再，时间超度了曾经的妄念，记忆也就如落叶飘过。你说总是梦到从前的日子，南方的雪一点也不次于如席的雪花，那时候可以在古老的街道和陈旧的院落堆砌一个雪城，而如今全球变暖，连记忆都不敢和季节交锋的时候，我们都老了。

这个冬天醒来的清晨，意外见到久违的雪花细碎铺洒在小区的树叶上，如此寒色和窗外的银杏彼此接纳。守着寒舍却不懂春天藏匿的语言，只是冬天的欲望收敛时，一只寒蝉也哑了声。周国平说：每个人的灵魂只能独行，如果我们都拥有独立的灵魂就不再受世俗左右，守望的距离和角度一旦被时间矫正，很多依靠已经不用冷暖来衡量。

避冷的心思开始滋生，南方的冬至就是此刻的向往，故都的秋和北方的冬连在一起横扫南北，一场雪的概念不再是南北之地区分的界限。送走秋天的心情和很多送别一样，谁能知道那些复杂的心境不能被语言细细述说。记得那年走失的亲人在决然后有很多偏激的挽留，都知道人生路上的几站路总有悲伤的不舍。我们都站在经久不散的风雨中跋涉，却真的难以用微笑送着季节里的人走向另一个路口。或者转角的夕阳袅袅的炊烟都是一段回忆，其中包括承受的岁月中那些无法言喻的忧伤都和眼前的风景结合后黯然的心情。这世间每个人都有自己的疼和痛，只是在性格决定的优柔寡断中表达的方式各有不同。

很多告别都和心情有关与季节有染，当秋夏成昨，还要用记忆的悲伤挂在翘起的额头吗？时间的大幕一次次开合，这样的寒冷练就庭院中傲雪的梅。袖底清风眼角的失落把季节的眷恋和伤痛一一反复上演，却不知道冷暖的杀伐才是亲人之间无忌的言谈。那些入盏近茶的对视让梅色多了重彩，但不知道太多的希冀被一壶酒嘶哑后很多话已经难以说出口，挽留的希望染成泣血的梅花。风渐渐停了，冬日的温阳暖日融化这一场寒冷的凝霜，当一次告别饮尽乡愁，总有人度过这一季冷寒在新年的春雨中把快乐添加。

所有的不动声色只是因为懂得而慈悲，在雪地里乱了脚印的行踪把旧时的故事继续延续在未来的场景。在剩下的时间里等待春天的姹紫嫣红，那一树冰寒雪盖的鲜艳挂在希望的路口，在执手挽臂时并肩同行！

第十一章

投靠在春天的门下

陪你的忧伤走过冬天，等待明年的杏花春雨！

写下一个春天的故事，有一种回忆在心中淡淡升起，温暖让四月风都变得柔和，一条白色的丝巾飘荡在风中。那时候，北方的天空下有笑语欢歌！蓝天下有思乡的歌吟和熟悉的乡音！在你的故地走过多年，留字为书的自言自语写成今天段段回忆。少年时生在北方，曾经的青衫薄又在江南秋千架下围绕一地春色，你童年里的笑靥定格在青石小巷。时间大幕开合之后，我却总是想着那年江南在一曲评弹里学说吴语的生硬，长发及腰时，我也只是流浪的异乡人。多年后重回故里，我们都会记得西湖的断桥和崇安寺的钟声，闻名的景色是历史的坐标，从知味观到灵隐寺，运河岸边的青墙黛瓦来救助忘却的记忆，用季节的冷暖来提醒竹林楼台下温软的画面。青峰叠翠，溪水淙淙，红色灯笼挂在运河岸边古老的屋檐下。你在阁楼上俯笑，一条乌篷船漫不经心流过你的目光，登临的脚步带着漂泊的沧桑把古老的码头留在身后。

那一年我遇到了你，这一年风霜落在枫桥夜泊。

细雨如丝，拾阶而上时船娘的叮咛在离岸后频频挥手，软底的鞋素白的衣镶进褐色的乌篷船。古老的城市灰色的天空，重门之外的我看着重门里的人，一座石狮子咆哮的威严早已冰凉。你在阁楼上笑着，探春的目光看着至清水色，远处的杏花开在对岸，长焦镜头里拉近了身影，脚步却攀不上木质楼梯。

很羡慕墙头上一丛爬山虎，目光的柔软随着绿色的藤蔓攀附在你的窗台，浸在石阶里的根撑破坚硬的禁锢，一朵花苞去胜却小巷里的丁香。春天就抵在你胸前，拉不近的距离不是相机的缘故，而是因为陌生的城市里举目无亲。一纸生宣上落下重彩勾勒江南的杏花雨，徜徉你的城池多少年后才走进小巷深处的宅院，一片片青瓦上的苔守护不倒的城，杨花春柳随风扶摇，倾城念是那年种下的心愿，从此把一生投靠在春天的门下。

远处茶楼传来久违的曲调，一支琵琶音尘绝，江南，穿着旗袍的女子在岁月中逐渐丰腴。唐诗的旋律梨开二月花田，锦溪，乌镇，哪一位花农把沧海耕作沧田，在潮涨潮落时看明月共潮生。那是钱塘的水，是江南的溪，还有保俶塔下牵手走过的断桥，生生世世枕着你的梦，在陌上花开时等我归来。或者在易安词里凭吊那时的江南路，一枚花瓣里落殇的少年在十年后听古老的《采桑曲》，手里的杏花和江南同色，低眉俯首地相迎没有半点卑微。长发不长，一身白衣染雪，你说那是冬天的原色在荒茫的秋天出场，永远忘不了隔着尘烟里软语的放纵……

收回放逐的意念和春天一起回家，青丝落在白衣，腕上的玛瑙串和梅花有相似的颜色。梅园亦在，一座寺院外还有江南的小桥流水。在花色里采一滴胭脂红染你惨白的唇，眉开眼笑时的不离不弃，找到朝花节里重回的光阴。

时间调整季节的角度，北回归线移动冷暖，所有的期望都在春天圆满。我知道江南春一定繁花似锦，你的白衣也会换成一池荷色。如果你记得那年那月那一天，蓝布下隐藏的手撩开冬天的帷幕，让所有的春色在今天葳蕤。

第三卷

犹记江南三月歌

第一章

犹记江南三月歌

终于走近这个多年前相遇的地方，曾在一棵树下站成的等待已久过去很久，总是相信命运的安排不偏不倚，连初见的笑声和竹林寺的春雨都带着温婉。见你的那年青葱岁月，笙歌是雀跃时偶吟的曲调：我能想到最浪漫的事，就是和你一起变老……

多年的三月公平公正，雨一样地在下，只是再见你时已经夕阳西下。这月踏雪寻歌寻你，手中相机留不住暗香，但我知道那些气息依旧，留在你发梢和青衣红袖。怨怼的冬带着寒冷成就你的今天，这冻结的土地和枯死的盆梅再次重生的时候，原来季节的流转比你我都明白生命的过程是付出才有收获。青春不再年少，往事不可回首。

好想一起踏雪临歌，二月转瞬即逝，如期而至的桃花开在三尺潭前，李白的歌声远了，汪伦的感动在你酣醉时的泪流满面。在这年的桃花潭看眉眼去处横波不定，一袭青衫追回走失的少年。这次雨中说起的从前逗你一笑一哭，一世约定可以延续三世，在雨中拾起的杏花带着鲜红的颜色，把最好的传说留在故乡的小巷。

再也等不到的时候就走吧，消耗太多的时间也磨去太多的韧劲，我怕最后的春天不属于曾经，三月杏花成为最后的影像留在回忆的脚本，悲剧喜剧都是必须经历的场面，聚散也无踪……

桃李杏春风一家，岁寒三友丢了竹的空心傲杰，抖落一路烟尘。有人知道这些年的风雨兼程苍老了容颜。回家时轻轻拍落漂泊的疲惫，也掸去四季春秋的慕容痴执。采莲曲依旧婉转，南北朝的烟雨楼阁修葺一新后重复一段历史的繁华。四月芳菲尽，情多可鉴时的明月轩窗箫声不予，怀揣三月的曲谱站在桃花坞看最后一眼月下荷塘的枯苇褪掉最后的萧瑟。你记得春天的歌，甚至旋律都已经定调，等三月桃花开道还你锦绣江河，泪眼流过的寒泉洗掉青春的妆。这梅香入骨的冬和早早来临的春冷暖交替，在早迟之间端杯问盏，却不说天凉好个秋。

那个秋夜驿站还是一个人的旅途，万家灯火在沉寂中入睡，亲人在远方惦记，一些安慰却无从跟随流浪的足迹。黎明时分谁在榻上安然入眠。相机拍下的春秋四季留下不同的色彩，却看不到漆黑的夜下多少欢乐和缠愁在枕边落下。

再次去一枝梅花绽放的领地看傲骨临风，春风仔细研判早迟的花色，梅瓣如莲，大小不一，却更期待三月桃花带来真正的春天。也许拥簇的热闹不属于我，口口相传的典故是红尘的期语，世间情爱属于家人，满脸的孝意袒露爱情的坚定。不要用伊始的缘分来恒定后来，阅过十万红尘能在你的季节留下一缕鸿景，尽管东风薄，还说人依旧。

谁也不知道在梅园那一场轰烈，一架相机拍下二月清绝，我是漂泊的浪子，你却给我一副梅妆入定。入了春天怀抱的你不会知道我把春天的颜色都染成杏花雨，子夜酣睡的呼声在梦中惊醒远方人，暗香盈袖的话留在卷帘西风，第一次看你穿上素衣钗裙，迎春也是指引人间的烟火，再见时不再俯身，有一幅画挂在不设防的影壁，上面描画江南的青墙黛瓦。

时光晃了眼，一幅九九消寒图填上你的颜色吧，我知道这一幅压角的方印，落款是"随风"。

第二章

相聚有时，后会无期

与文字结缘，最初来自于你一首词，回到故乡一切都安定下来后，曾经奔波的疲惫在平凡的日子中慢慢淡去。记得那时候刚接触网文真的不知道江湖深浅，浩渺文海一朵浪花飞溅就可以让自己湿衣。在一首《九张机》中重新拾回了青春时关于文字的梦想，少年时熟背的古诗词还沉潜在记忆，只是关于你那一阕《九张机》在无数的品读中让我重新登上了梦想的舟：

八张机，几段繁华终似水，前尘不共彩云飞。窗外芭蕉，烟雨江南，思念凝成霜。

转眼几年过去了，关于你的年龄都不知道，而这首九张机却一直留在记忆的深处，断不了与你的念，却不再见你文章更新的讯息。而我依旧会为这首词动容，在内心柔软处寻一楫渡海之舟，也为一个文字的梦想走遍关山万里。四年时间对于我来说真的很短，没有在意文字里相遇时天涯的缥缈，或者那时候只为一句话触动了岁月的神经。膜拜的心情无处安放，只在你最后一篇博客里记住了一帧图片：扉页上写下"相聚有时，后会无期"。

我不知道后来你经历了怎样的变故，多年来一直在你流连过的网站去寻找关于你的蛛丝马迹。而一切都像你所写那样：人生若只如初见，一曲长歌早已阕。那时候根本不知道这句话你糅合在《九张机》中的寓意是什么，从那以后你在网海中销声匿迹，纵然把网络寻遍而无踪，也只能接受这尘世的无常。

严格地说该尊称你为师，文字里的前辈，可你笑着说我们该是同龄人。虽然不知道你的真实年龄，只是离开后是否还有青丝在尘世里乱舞，是否还有莞尔的笑容在端茶啜饮的优雅里透着威仪。那首词中也有女子蛾眉淡扫，对文字的执念也在那年之后无形滋生，记得你在我空间留言的鼓励：不为成功，只为修心。你的头像带着岁月的安然，当我在地图的曲线上寻找海西那个点，到最后也没有在遥远的青海湖上成为趋足的跟从。

每个人都有内心的秘密，这场文字里的仰慕没有任何杂念。想象过一径寒冷的深冬那场雪里的清眉无妆带着梅的微香独自前行，缺少了你目光的指点，所有的文字成为世间最后的遗落，将素衣清影留在记忆里招展。

将那首词收藏在最早的日志，才知道什么是"若离莫挽只余旧，似水往昔浮流年"。和众多朋友在这条路上走着，感受悲喜，体味冷暖，生命的脉搏里扣住一息真诚，用标点完结一生的奢愿。一次浅吟一场离道后的路口再无亮起的经幡，行走的闲言碎语只有一个人聆听，仓央的诗歌还在吟唱，却知道你在，或者不在，你就在那里，不悲不喜……

　　学会静默，也服从世俗的圈围，一幅图片里的人在九曲黄河岸站成不老的山峰，我依然沿着内心的执着辨认前行的方向，把余生的祝福留在后来的日月。因为懂得，所以珍惜，或许一场相遇后的离去只是生命中不曾靠近的磁场，愿望不能解困凡身，太多的记忆就封存在初遇的章节。这样的结局如禅音戛然，一身素衣熏染塔尔寺的藏香，佛灯在空气中跳跃的火焰照亮告别的手势，纸卷上所有的尘念在时光中尽情销毁。

　　写完这篇文字，怀念成为记忆的分野，不倦的身影在红尘中转山转水，这场邂逅还是尘嚣中难弃的不舍。一段生离无碍内心的感激，却羡慕你决然的选择让自己远离人世间纷杂的浊音，褪色的秋天太多故事留在人生的背景下，那些文字成为记忆豢养的丰泽，温暖多年后这个寒夜。

第三章
新春甫惊蛰，草木犹未知

过了惊蛰，寒流还在恋恋不舍，游园时遇到的梅和赏梅的人固执陪着冬天一起走过。春天在眼前一步之遥，夏天不再是远距离的遥望，想着故乡荷塘，有一首月下清曲为你弹响。

这样的天气冷冷暖暖，每个漂泊的身影都渴望被家收留，一生入世不能出尘，太多的俗念束缚了尘世的身。在立春时描画春天的繁花似锦，可镜头只能单对一盘水仙聚焦。有的表情带着等待的模样，我却把冬天梅花沾雪的图片和水仙并排摆放。那天，青红之间我摸到了春天的温度，用一朵花开的时间握紧手掌上唯一的暗香。

冬天的形骸开始松垮，一夜南风就能把乍冷的天气吹作百花艳，红晕的脸庞穿行在梅林，和煦的声音随风送达。那时，我看到有人虔诚贴近春天的花瓣，阖目低眉的清纯说着内心的唇语：春天，我来了。贴近的温暖是一树梅香的散发，扬起的额头却躲不过阳光的照影，有快乐一闪而过，却被人捕捉一脸的灿烂。

承认在这样的天气里开始想起很多陈年往事，想我们的梅园和杏花树下行走的江南。过不了多久水仙又要败了，干瘪的根茎和消失的青春一样无人待见。从梅园回来的那天看着窗外的天，樱花鼓起的苞蠢蠢欲动，挣脱冬天的束缚是久久的盼望。捧起茶杯的流影中把温暖都捂在手心，很多人和冬天一样固执：无论多少寒冷都怀揣春天的希望！尽管游子的心为信念守戒，而江南雨前第一场茶事也是常年的静修，一片嫩叶是禅定的安静，沸腾之间已是惊蛰带来季节的蛊惑。这一切和雨季关联，铺排在原野上的绿色开始无限放大，深深领悟了野火烧不尽之由来。

雨逐渐成了常客，在天空，在郊外，在城市混凝土的墙壁上酣畅淋漓。"沾衣欲湿杏花雨"和"渭城朝雨浥轻尘"有异曲同工之妙，我更喜欢"夜阑卧听风吹雨，铁马冰河入梦来"这样的幽静。每个人都守着自己的梦，那个梦里是春花秋月还是燕山飘雪都不重要，只是那年的雨中留下的故事足够一生翻阅。春光四溢的三月三摊开这一幅图片，那时候的一切都是余生写成的伴。没有海誓山盟，三月春风做探，悄悄阖上的眼帘遮挡太多的乱象，在一枚粉红叠瓣上轻嗅熟悉的味道，解了红尘百相。

三月恩怨不消不长，雨的绵密洗了冬天的浑浊，有人听到草木的萌动，遒劲的枝丫是仗剑的天涯。我们从冬天出逃，那轮新月挑开了厚积的云用月光的纱笼罩寒烟雾水，关于四月的思念也在春分时疯长。

　　喜欢冬天的结局，纵然有寒冷反弹，那些乱枝也依然挺拔，南来北往人眼羡初梅的含苞，却不知道一季严冬成就的今天要忍受多少严寒。三月，我们看不到的天涯春风不度，而江南驿外断桥边的梅已经零落成泥。

　　寒风阻不断对春天的渴望，阳光下的白梅冒出了浅绿的芽，轮番上场的花色可以治疗冬天的暗疾，一个宽和的微笑让春天静好如初。春雷阵阵，梅树下的红玉谱一曲春歌，沧海浮云间才知道有的欢颜只能一个人相看。虽然阳光催了万紫千红，生命的护养还是迎视后的不喜不忧，风的呼吸和梅花做酿，一树花色被春风提携，在今天偿愿。

第四章

雪影疑琼花，春风含夜梅

好几年前在无锡一次意外中收藏了林筱之的一幅书法，收拾书房发现完好地放在那只青花瓶中，摊开后有了装裱的念头。走在早春的这场雪中看浅红点点，阳光融雪后沃土的褐色，忽然明白知白守黑是中国画和书法艺术里的最高境界，也是人生浅显的道理。

冬天不再彪悍，元宵节前的这场雪和大地之间有了颜色的对比，很少看到的雪景在今年已经光临两次，如今雪压枝头，暗香盈袖，这样的气势带着春天的威凛横扫一切。这是惊蛰带来的轰烈，万物复苏的生命在一声春雷后乍醒，即使乍暖还寒，也不用三杯淡酒抵挡晚来风急。

雪霁后的雨中没有等到春雷轰鸣，绽放的梅花和金色的迎春在入目的瞬间让冬天就此远离，雨丝丝如密，沉寂一个冬天的心和抬起的眉看桃花春雨下湿润的惊艳。我们走过冬天留下寒冷的心是不是在今天得到温暖，虽然没有春雷的警醒，这个春天还是来了。当游人的目光和娇红相撞，杏花瓣和上弦月拥抱的夜很多话语留在耳边。尽管那夜的风没有洞穿我的窗帘，这一生陪伴的岁月恋过你的月如霜，展现一季碎玉的身姿。

还说在原地等你，在折返的季节里流连，你说在弯弯的长桥下等我，更敬佩尾声抱柱的信念。灯光桨影秦淮河披上翠绿的衣，记忆的荒蛮也责怪多年来无情的诀别。当惊蛰后的笑声说起旧时凉，眼窝里的水色镶嵌的忧伤在舒展的鱼尾纹里散去。不需要人告诉擦肩的情薄，也不用说一个屋檐下有多少惊天动地的爱情。当季节藏在行囊，太多无辜的泪让人想起今天的不甘和前世的约定，再见的手势不仅是不舍，还有麻木的解脱。

季节熬成红色的春天，太多的心情被时间煎熬得很疼。三月风吹响的塔铃摇响预设的行程，万里黄沙和榆林的胡杨在红石峡外的夕阳下有多少期待的憧憬。今天对自己说：为了路遥《平凡的世界》，也一定要走一回榆林。或者边关的战鼓让我不能循规蹈矩，隔着冬天伤痕念叨你的名字，你是夏日的蝉，是秋天胡杨树下梦里的驼铃，江南的纱帘阻挡一袭风沙，今夜的明月让曾经的故事隐而不宣。

多少次面对寡淡的日月，离不开的繁华是生命的纠葛，太多黑夜把酒问天，只有回忆撩开夜的面纱。空落的心境是一个人的江南梦，骤醒时写成冬天的落章。无数设定的场景都被时间算计，纵然很多夜晚故意走进你的梦，视而不见的表情在顾左右而言他后无趣。惊蛰后的这场雨雪洗涤梦的浑浊。

　　脚步离开了身体的控制，恍惚中去寻找春天的丁香，年前年后不见一份春的真容。赢得生前身后名又如何？只怕一次次冬尽春来可怜白发生！当生命消亡之后，一纸悼词烙上世俗的赞美之词，却忘了时间的短暂留不下太多的美好。生命是一场荒芜的开垦，从边陲到江南，我们走过那么多的路，却不懂流烟下的盛火只是照不亮来时路。

　　元夕过了，春节就彻底地画上句号，走进古老的边关寻找三月，颓废的城堡古老的历史埋在心底。我的边疆是铁马冰河春光乍现，呼唤的声音飘荡长空，太多枯寂的岁月焕发生机，包括梅园和古寺外一株杏花都是手心的软红，在惊蛰后活色生香。

第五章

延续的记忆

腊八节过后，春节就快到了，很多年后说起这个节日，碗里捧起的味道不再是曾经的贫瘠，也没有现在奢华后的杂味。那时候一碗粥里的花生红枣和地瓜干熬成的粥已经是孩童眼里眼羡的忌妒，到今天告诉你那些习俗的由来，我们都捧不到童年的碗。

鱼虾的丰盛是很多年前吃腻的惧怕，齐眉的发和一身红俏的衣是你少年的印记，冬下江南时，八月的风裹着喧嚣遮盖羞涩的低语，伞面上的图案有天堂的标记。遇见你时在一座城市落地生根，那个地方叫江南。当寒流把这一场冬雪放进取景框，一声惊叹是久违的欢喜。我不知道那年的眉眼绽开的笑容是什么的情愫，只记得断桥上追忆的画面中那片荷以及龙井山下的竹林有你跟从的羞涩。不同的地域让冬天生了偏心的景观，当我从京城南下，西山下的粗犷和红叶牵起南国久违的手。一直承认这些年的日子太过孤独，太湖的水流不进家乡的湖泊，青瓦白墙，浩渺烟波，甚至一座桥下的流水都带着青春的温度不徐不缓，在你趟过的溪流上没有冻过赤裸的足。

在昨夜的一场雪里看阳光折射的耀眼，江南的冬被你带回北方的田园，一场浩荡和忧伤过后，西山不再是京城脚下的地标。太湖水和碧螺春在手中摆下春天的道场，在一场冬雪面前，夏秋冬都低下了倔强的头，寒流在立春时被拦腰斩断，风，忽然就柔了。阳光升起的午后，昨夜的雪和明月混在一起像极了一场走空的舞台，时光没有停歇，你的歌声写在一首诗里说着春天的故事。

多年来不知道南方的冬是这样的冷，季节无声走过，那些靠近是血脉里流动的自觉，截取一池残荷的画面传递季节的反复，三秋桂子和十里荷花胜过人间四月天。总有人忘记说过的话去颠倒一场轮回，在时间的寄语里用刻薄嘲讽别人忧伤的沉默，爱在深处变得迟缓，包括语言的惨白都不再斗勇的犀利。我知道你没有忘记那样时光里点滴恩爱，一湖水面上的镜子折射完整的天空。

这就是冬夏，我们却不忘春秋。那片土地有你的半亩花田，俗气的用语在麻木的心灵是否能种出花来，我不知道！

你说喜欢上这个冬，寒风中是不由自主挽起的手带着可人般的表情，甚至喜欢上昨夜落雪时乍冷的夜。你长大了，太多的疏冷也冻结不了潜藏的热情，残荷，水草在风中昂首，到此时才知道，冬啊，请原谅有的生命涉世不深，只记得幸福的暖。

那年的江南雨蒙蒙，八月依然像夏天一样火热，当我们在京城看着银杏坠落的痛，金黄色的地毯连接千里的行程。一大片柿子树生成的山林搭载梦想的果实，少见的山雨滋润枯苇下生存之地，有人跌倒在诺言中不再爬起，就像一颗被翠鸟叼走的莲子落下空空的莲房。或者来年春天不再听见这场冬天里的寒蝉凄切，梦埋进了胸膛，我把你当成了故乡。

风如利剑穿透时空的屏障，等这场寒流过后的晴空万里，这样的冷不再胁迫我穿上厚厚的冬衣，甚至你的长发也少了围巾的束缚。素颜补上春天的色彩，让元宵夜的灯笼指引回家的路。没有挑战冬天的勇气，落叶和残花已经折服，不计冷暖时的豪情壮语在时间面前臣服，却希望这个冬被春天优待。

随着时间的脚步走吧，带你去天涯海角，也陪你在书香泽国写一生自己的风花雪月。不怕冬天来搅局，这场冷只是小瞧了梅的傲骨，用一朵鲜红散发冷艳的光芒。沾满暗香的手拂去眼角的落霜，温暖嫁接在遒劲的枝丫，长成生命中葳蕤的春天！

第六章

一盏青瓷润春色

穿越时空里的记忆反复出现，时间造就的冷暖也不再是此时的隔岸取暖，一支檀香带着佛寺的禅音袅袅，曾经陌生的香道写成纳兰的"心字成灰"。乱世之源在于贪奢，静心源头在于禅，当一个灵魂置于道德之上，仰望的圣洁和清律应自知。让你笑的不一定都是好事，能让你哭的也不一定是坏事，也许真的老了，那些历历往事在此刻惊醒，却只是一个人回首！

承情于冬春之交，混沌中的灵台无声就有了惊怵的声响，及早预告的春天贴近久违的心，清晨的这场雨如春丝淅沥，悄悄扑上冷涩的脸。忽然想起那年的春节，烟花在手中丢弃的弧线划开黑暗的天幕，不逢春的遐思落在二月的江南。亲人与故交的不舍被泪烫伤，吐出的烟雾是眯眼的托词，雨浸了凉气，偏偏一碗茶的捧送让凄凉躲让。

这个夜晚怀念那杯茶，雨前龙井在滚烫的沸水中用唇吹开微漾的涟漪，古老的宫苑探身观赏的菊迎霜斗艳，那年的茶成了掩饰慌张的道具。说着三月杏花琢磨忐忑的词，纤指在时光里摸索的温度忽然就凉了，一些誓言被北风卷走，随同出行的人流一起消失。难道这样的怀念只是回忆的基调？春天出场的彩妆多了些掩盖的装扮，菊龙井、碧螺春弥漫淡香，还有梅的香凝留在水袖挽起的青衣小巷。诉说的衷肠在滑动的喉咙里咽下，挽留的殷勤也唤不回一次回眸。也许不识春风也罢，落雪的荒野上用香烛在季节上烫下一个疤成为枝丫上的印记，那株梅树已经老了。

没有柳丝拂面，水月镜中的芙蓉在心底盛开，曾经的柳如眉只是舞台上的花旦，也远离屋顶的炊烟和粗茶淡饭。春天藏在茶里，记忆的盏装满你的水色一饮而尽，只是从来没有知晓芳香的味道在一片茶叶里散发过春天的气息。陌上桑和采茶曲是坐拥的恬静，越过苔溪和湖泊沐浴在时光的茶汤，从那时起，贫瘠和萧条被春雨泽润，一双鸳鸯双栖双飞在不一样的季节，所有的浪漫缭绕在茶烟，远处娉婷的身影透过迷茫的光阴逐渐清晰。

很早的情谊来自于相知，懵懂的少年属于千山万水，山高水长摆脱不了步步相趋。折断的杏花留在空余的茶室，一场相约留在竹林寺外，临窗的阁楼有素白的花伴着长夜无眠，南北一隅时空窗明月下的素笺终于写下夜幕的隐秘。

亲近远不疏，子时泊舟等你梅妆依约，无数个岸边挥手的对盏自饮，才懂得泡在茶里的春花秋月是一抹绿色的浮动。宿命将茶海推翻，倾泻的水色是离别的露怯，从心底流出来的晶莹滴落在尘埃，再也听不到鸿雁的哀鸣。

酒意被茶冲淡，交杯的喜色留给窗外红梅下送别的嫁娘，那身白衣在地上拖曳多年前的憧憬。蜿蜒的脚印在深幽的巷子消失时，转身时已蒙上时光的尘埃，有人开始背向而行。

偶尔翻起陆羽的《茶经》，苕溪的水不再澄澈，旧时的茶杯烫伤过青春的手，虎跑泉下的江南第一壶澄清因果的浑浊。按图索骥寻找走失的路线，壶中不醒的冥顽被风吹醒，飞来峰下三生石的禅语是良心的探子，鲜衣怒马时的扬扬得意被柔情围剿，一碗痴情茶解了三生蛊，绊倒了严寒的冬。

这杯茶和酒一样容易醉，很多来不及兑现的凤愿被事实的真相封口。告别你的城，一杯茶解了宿醉的乱语，从此在季节里缄默。

搜寻记忆里最温暖的一面，描红的唇彩藏进陪嫁的妆盒，眉上有那年的相识，石头剪子布也猜不对写下的谜底。一花一茶，一生一爱，率性奔走的足迹留在冰天雪地，最后的一段话留与时间听，流淌的记忆在你的壶里过滤时间的杂质，陪你走出最后的冬天。

第七章

这个冬天没有雨

这个冬不知道从什么时候开始没有一场雨，江南的季节和期望格格不入，干冷原本属于北方，雾霾和寒流横扫大江南北。黄河上的冰凌封堵了航道，谋生的船停靠在码头，赶路的人蜷缩在小小的窝里躲避这场严寒。牧民的干草喂不饱躁动的马匹，一群绵羊簇拥着取暖。无论是蒙古包还是酒店，焦灼的人望着乌云密布的天空，期待山雨欲来风满楼后的一场雨雪交加。

望着北方，阳光被乌云覆盖，很久前的记忆被天气搅乱。南方的冬旱得出奇，连一场像模像样的雨都没有下，只有庭院的樟树和折伏的草坪上落下淡淡的霜。

这个清晨睁开酸涩的眼帘走在路上，在路过一片池塘的时候乍有怨怪，寒水不深，残荷败落，盛茂的绿色像画家遗落的色彩丢在群山万壑，也不见玩耍的孩童在一丛丛荷叶下脸上有来不及擦去的淤泥。夏天的水面被搅浑无法看见自己的脸，只有一绺头发湿淋淋地贴在额头。那时的你在孩童里是出众的，比其他孩子高一头的身材总是娇声呵斥顽皮的同伴。当我们一起站在岸边，你却踮起脚尖比试我的高度，在阳光投射的背影下梦一次齐眉案举。

风打了个旋，讪笑这样的回忆不合时宜在严冬出现，我的少年你的矜持都在不敢对视的唇角上抿起，甚至一双手抄起的水花也绽开涟漪里的记忆。滴水成冰的北方安静了许多，包括那枚红叶和一朵菊花摆成的图案也是个寄托，京韵大鼓的声腔和一身绿衣没有相干，那个叫海子的水面几支荷也不是完整的夏天。莲花簪收在紫红的匣子，里面镜子照射的眉弯如古老的桥，而辜负的少年等到明白一个故事才知道弦断无人听的凄凄惨惨。

走过这片池塘，迎面扑来的风似乎更烈，很多预感总是在冥冥之中让人心神不定，当一场悲剧来势汹汹，曾经头顶上的天变得一团灰暗。桥上走过的岁月再也见不到一张笑脸，冷风把肌肤都打了皱褶。这座桥走了多少年，甚至手里鲜澄的荷花饱满的莲蓬都在时间里干瘪，你还是桥上等待的人，而太多的花红柳绿都不再有烟火里的纷争。

与世无争是一种修为，无嗔无怨是一种境界，春去秋来的冷冷暖暖只能被时间分界。大寒的风搭上了你的冬衣，留在身后的冬色写下春天的回执，童年记忆和故乡总是息息相关，只是那些喧嚣和繁华的热闹变成嘴角的不屑。或者梦想把幽冷炒作成虚设的热烈，妄想在南方之南有一池春色在天涯盛开。有人摘一支荷叶给你做伞，而这样的殷勤被无形的拒绝推开，才知道故作低眉的姿态我们都不屑一顾。

扶着忧伤走了很多年，回首时发现都是一个影子在作怪，尽管有一种树枝挂不住夭折的花苞，那些共担的鲜色和我们终究无缘。看看冬天的萧条，太多温柔都是够不到的岁月里一场梦的流转。一缕青烟在唇间升起，冷冽的天气煮酒论是非，醉倒的只是游子的心。

后悔少小离家，乡音夹杂的情感无法表述，亲人用陌生的眼光面对你的解释，风花雪月的冲动就用磨难偿还。倔强中有三两滴泪水在眼眶打转，这些过去和未来的路上不说乡音未改鬓毛衰。年少不是资本，可谁都无法追究时间里肇事的主谋。它改变的一切留下原始记录，最终还是时间这个裁判让一切昭然若揭。

看破红尘，却参不透生死，这样的天气把南北两地生生牵扯在一起。绕过这片池塘，倒伏的艾草、菖蒲无力地看着阴霾的天空。可怜初三夜，月亮藏起皎洁的脸，不知道今夜的你能不能陪伴清辉走出半路红尘，一排排樟树泛着微黄的绿色一直延伸到山峦，走出旷野的干涸只能用心水充饥。落叶无声，一片黄叶再也没有捧接的手掌，只能在白衣点绛的日暮燃起最后一支蜡烛。

记忆藏在时光落幕的尽头，生命的终点站你来迎我，手臂里的枯枝黄花依然有你的风姿绰约，半亩荷塘，有一朵白莲供奉余生！

第八章

最是一年春好处

　　总有一天含着别样的深意寄托所有的心情，季节的苍白随春天的角度仰望江南，有的笑脸和怀念无关。春风将潜伏的台词在适当的时候说得振振有词，今天的颜色眼花缭乱，而记忆却是命运的符咒，挥却不了过往，也忘记不了明天。当春天来探门，弯腰稽首谢过从前，梅菊杏花一地荷的盛放就是后来的祈愿！

　　除夕前找一个温暖的去处追随春天脚步，用一身烟雨传承多年未了的心愿。寂静的思绪和风一起活跃，春雨成为微尘涤荡后的清光明丽。秋岚冬雪无踪，却怕心柔的笑语被冷风吹散，孤零零守着你度过璀璨的大年夜，沿着河堤一路徜徉，文字里包含的记忆圈定你的容颜。一切如过往，时而上扬的唇角带着几分贤惠看带着风霜的鬓角，暖阳袭来时说着岁月如刀的叹谓。你的长发不再是丰盈的亮泽，十指穿行的发丝梳理青春的路径，手心里触摸的温度永远如三月那一程跋涉的无忌。

此时一场雨落下，淅沥的缠绵落在凌晨的窗台，水仙如春天的护卫，曾经的缺失在这个春天得到补偿。那年冬天雪落江南，离去时也有英雄气短的不甘，将后来交给严寒酷暑，春雨滴落的雨水泽润你的苍容。除夕时捧香静看，回味风声鹤唳时的草木枯荣：苦尽甘来，融化的冰泉淙淙流淌，心脉吐纳之间的柔润是弹指的清音。断了的琵琶弦的江南曲用飞瀑补奏一曲《长相思》，入了今夜酒里的沉醉。

那年在京城醉笑西山，风吼梦不醒，小觑了你，难以抵抗不堪的酒量。子夜醒来，临窗繁华的灯火前回忆秋天的一次串场，这一场斑斓之色夹带亲情的笑成为不可忘却的记忆，在春天涂抹上重逢的喜色。

如今看来，失去和得到是天定的宿命，用卑微来讨取的幸福本身就输了三分，磅礴和浩荡在时间的手心糅合，我还在走过的路上守着白头偕老的驿站。春雨杏花前围拢驱寒的泥炉温一壶女儿红，那双手永远温热如玉，垂落的珊瑚串在手腕上晃动，无皱的指撩开记忆的帷幔走进春天，寒冷就此被超越。

很多人忘了相拥的暖意，等走过千丘万壑才明白四季冷暖就是轮番上场的脸谱，为你收起一抹寒瑟在此时寻找旧时模样，有些事终究在时光里落葬。明白时间的界限开始安静，春花秋月的缭乱遗留在是非过往，最艰难的人生遇到真诚的提点，便把那份真镌刻在报答的心扉。

缘分是瞬间撞上的回首，把爱捧在手心为喜春的跋涉停留，迎春开出一地富贵，梅花染了血的风采，曾经的痛被柔情止血，濯尘洗衣的雨淋漓在二月的天空。过往的痴执藏在心间，我们都没有忘了那场雨中走过的痕迹，躲不过与你的生死相依又何必为无由的烦恼侵犯自由的城堡。弹指而过的年轮不再是青春少年，涉水过江的艰辛和风一样的自由，多年来忍痛作别的沉默在今天保留。

新年后，凄冷的日子已经告别，牵挂这一生所有的悲苦，平常的日子甚至回到过去的称谓。没人记得冬天的黑白之色，看着泛绿的柳和净水里的水仙，这高低区分也如人生。春雨杏花开，一脸平静凝固所有表情，谁的天涯都有绿色的希望在眸中生辉。尽管命运开了一个无情的玩笑，依然希望在三月看到一季花开。生命无法掂量，等这一年风儿暖暖，点燃的烛灯照映羸弱的背影，这片花色沐浴一片黎明的白，所有的希望冲破泥土的封层，营造属于三月的景色。

第九章

弦断明月缺

第一次知道江南的位置是在一首诗里，相信爱情和青春的冲动契合之后，很多事情留在诗情画意，留在青石小巷。第一次读戴望舒的诗，那一株丁香开在四月，我的竹林寺荒废在南山的烟雨楼台之下。那时候你的梦想在江南，丁香下低首的温柔留在南方的庭院。我忽然想起北方的夏天，我的外婆和故乡的大湖。牵牛花攀沿在豆角架，蜕了壳的知了嫩黄的翅膀在没有变色之前成了很多人口中的佳肴。我是极喜欢蝉声的，单一的旋律唱着生命的短暂，却给孤单的童年带来很多欢乐。

蝉声在逐渐变调，金黄的柚子挂在秋风中，蝉声和落叶一样无力，渐渐远去的聒噪随着冬天沉寂。青春的躁动压制在繁忙的现实中，再也听不到一声午睡时的嘹亮。那年你的故乡水清清，明眸皓齿撩拨岁月的青葱，当今天剖开记忆里的年华，白发在耳边无法藏掖，只能用一瓶染发剂来躲藏衰老。

没有在青春的季节和你相遇，只在江南的小桥上看过西塘的灯笼和太湖的唐城，到如今西湖边的柚子摘了又长，却希望在荷花开满池塘的六月带着你回到故乡。你会站在湖边的码头说着童年接天荷叶下一朵朵粉色的荷，更会在八月中秋时仰望桂树下月亮的疏影。挽着你的手摸不到青春的骨骼，在你的手心却能捂着回温的感觉，温冷相宜时，悲喜无踪。

隔着母亲河，不再是千山万水，相欠和自省的宽恕被别人成全，总是有一人能懂自己，这样就可以慰藉彼此承受的风雨。那个人一直是你，是难以割舍的无奈和叹息时的一掬泪，当我们都不用万里追寻踏破千山，你一定会在这个冬天回来，把时光中的殇清除，包括一起吟哦过的多情诗句。

走近一株梅树，无雪落霜的冷也映射你的傲骨，不再有那年顽皮的模样，也没有告别时的哭泣。等你在荷花开满的月色下弹弦，那把吉他上生疏的手指只能切入缘分的把位。泊舟的渔船闪烁的灯火，甚至一只寒雁栖息的芦苇丛也惊起旧时的憧憬。一只只螃蟹和莲子熬的粥被放在桌上，原来所有的烟火都沾上水乡的味道。不知道这些年独身在外时有没有想起过这样的画面，莲子清香也配上素雅的裙装，甚至湖心岛上四月的桃花都绽放过灼灼思念。而无奈的现实把太多的记忆变成残骸，挂在迎风的枯枝。

那样的记忆里不见刀光，而你在无奈面前等待最后一场鏖战。

　　我忘了告诉你，亲，那一年在唐城说着同样的故事，一棵桃树下打转的时候对着镜头开心含笑，嫩叶被春寒天折，从此相望的角度不再一致。那一朵桃花展开生命之旅，最后的果实放进时光的筐，完成生命最后一场终结。

　　俗世越忙越乱，当无法消化最后的果核，就把它带回故土吧！洗净的果实被爱恋抚摸过，在腐烂中等待埋入生命的土壤。很多依偎的温度这个冬天开聚拢，只是牵着的手贴着怜爱的脉搏，西风卷帘时的销魂惊艳最后的冬天，这一月你把双眼熬成白烛上跳跃的火焰，在走出的冬天白头。

　　春天的脚步已经近了，茶花和梅花斗艳，月缺的决绝挑战惊美的时光，不再为一场梦里的空无乱心，放飞的纸鹤留下满地苍白。残荷偏偏就画了一幅冷峻的水墨，却不能生了怆惜的情绪。过去的嗔怨让时间来判断愧意，很多倔强不再是为了分离。

　　怀念和祭奠有无惧中的浅笑淡淡，悲伤慢慢收起，以后的日子还有一支采莲曲唱响，而有关悲伤的记忆在鬓如霜时的缺月挂疏桐下做三月染。秋水断了，日子一天天地向前走，你还会说起锦溪镇院落中蓝白相间的布匹。那是天的颜色，躲在后面的脸上有着从容不迫的淡定，白的像云，蓝的像海。那是你喜欢的颜色，或者那是一支白莲生长的记忆，在时间缓缓流过的水痕中。

　　沉寂在大寒前的顷刻，宿命让我们对太多的变故酌情。悲戚掩藏的背后用无谓的表情沉默，总有一天哭着的话被笑着说：颠倒的红尘，你为签！

第十章

晚秋天未霁，林中添暮寒

冬天缓缓登场，满目的萧瑟完整代替了秋天的色彩，那端的你在太湖水岸伫立，沉默的身影看各种形状的云层被一双神奇的手扯动，忽而高远，忽而乌云压境。只是在北方的晴空下时光与你留下大段的空白，等江南雨霁时登上归来的旅程。

冬的无色中季节纷争，红炉未燃，一坛酒盖着岁月的封口在墙角静坐。等待的人儿迫不及待地按着手机的数字，盼久离的天涯客今夜在故乡沉醉。大片的芦苇看着凋零的莲蓬完成自己生命的一场蜕变，一丛雏菊花星星点点开在草丛中，忽然感觉十里春风亦不如眼前的一切来得厚重敦实。这一季总有很多美好和快乐来得及记取，在冬的号角声中吹响春天的旋律，随遍地金甲铺开星空的灿烂。

记得夏天的绝唱，也记得那年的冬夜与你一席畅谈，在季节的边缘冷夜清霜红了一树枫叶。褐色的枯草披上白色的盔甲，星光衬托霜的幽冷，室内的寒梅开着绿色的蕊散发醉人的暗香，你宛然的笑脸如同梅开，身影在后来的回忆中一直徘徊。那一朵梅花绽开缘分的喜庆，以至于告别故乡后那一天赏梅小酌时容光的绯红一直留在冬天的梅树上，次次绽放。

彻底告别秋天后，四季景色裹进梦里。醒来后隔着夏天相望，自问一个身影跌进谁的梦不愿走出。这一切只有时间知道，梅花和冬天歃血为盟，在后来的日子里很多事也一一验证。

亿万年修行的天地还是改变不了生命延续的模式，太多的江湖浩荡和儿女情长被季节演绎成不同的版本。心如荒草的秋在冬天里生根发芽，你成全一个游子的梦把后来的一切搁置在家的地方。时光拉长了岁月，很多长相忆变成常忆长安的默默叮咛，关外雪漫和江南故地一身寒衣披风带雨。在明年的二月让冬春对垒，缘分的脚印在雪地里踩得深深浅浅，看一夜杏花雨为你鸣锣开道。

曾希望过了秋天不是冬，我们跳过寒冷的漫长寻找春天的归属，那树梅花已经抽出嫩芽，和远方的芳草遥相呼应。宿命打不败相逢的缘，尽管分开后的泪语希望在时间的空隙里不再唏嘘，只怕在舍得之间，很多记忆成了不可救药的痼疾。

时间的荒野上记忆在游荡，冬天的寒冷中滋生出不一样的温暖，收尾的季节来路漫漫，杏花春雨时的三月三把来去的时光都整合在一起。一个抬手的姿势从少年的利落变成如今的缓慢，饮酒的豪情也褪减了很多。用笑意补缺曾经的过失，弯月般的眉有归来时有笑眯眯的轻声细语，那一年许下的念成就如今的幸福，一字一句地敲打的快乐续写季节的丰满。

原来，所有的期盼都潜伏在每一个时光里，有的幸福只是比别人来得慢一些。不曾暴露的心思用流浪的方式寻找共同的栖息地，尽管姣好的面容被时间添了皱褶，而那些鱼尾纹和故乡的湖水一样在岁月里起伏，每次想起时都融合在梦的涟漪。这年的冬天在风中逆行，北方的红叶在寒溪上宛如一条船承载所有的幸福归航。

第十一章

行落在风中的花

你行落在风中，蜕变在季节，走的时候含苞欲放，再回首，已经面目全非。那是时间的改变，还是岁月的峥嵘？

每一个季节来去都无踪，抓不住的时间随生命一点点流逝。来去自由总是多年的梦想，曾经说过的话犹在耳边。什么时候能像那年承诺的一切：为了你，来一次说走就走的旅行！这个春天我答应了你，在萧凉的边缘重整旗鼓，整肃那些忽略的寒冷。三月，南国花开万朵，盛世的场面引得游人爆满，地铁、车站和机场人头攒拥，贴近的笑容在静谧的目光中摇曳。一直以来描绘的景不再是小桥流水杏花雨，贴着春的和煦带着冬的旧伤。在一座椰子树下的身影和海相连，蓝色的天空下有岁月的庄严。

花无语，云却相随，蓝天下走失的花季映着粉色的蕊，红的热烈蓝的纯净。即使有留不住的身影在异地停留，我们都忘不掉故乡的湖畔春天同在一个屋檐。

说八月去看海，去霞浦的滩涂追逐夕阳，说春天陪你，在一座茶山的阴处摘下带露的嫩叶。当一叶春色贴近唇边，我们都闻到记忆中熟稔的呼吸，这片无人窥视的阡陌，远处的油菜花已经开满田垄。

回忆潭柘寺的樱花，几百年的历史都浸透在褐色的枝丫，想起江南小巷深处的卖花声，谁柔软的手捻起芳香的栀子。年少时素颜静洁，如今额头的皱纹牵连一生的喜怒哀乐，可否许我说一句煽情的词句，宽容多年因你的宠爱形成的霸道？

你笑了，远处结疤的椰子树就是时间打上的印记，所有的眼泪，叫生活。

很多时候，我们都只会在风信子开花的时候迎接春天，恍惚的笑留在杏花夜雨，当几天前的粉色被风吹散，有一双眼睛轻易就洞穿季节的屏障。我可以再次触摸不再年轻的手，而这南国的春天依旧是你及笄的青春。在你离别的记忆中走出冬天的围剿，爱情也不是无疾而终的悲剧。时间从你的额头滑过，那些染白的青丝从忧伤的离别中剔除，你还是你，我却成了你嘴里迟长的智齿，在咀嚼的爱情里疼痛。

所有的焦灼都淡了，三月春期万物都变得温顺起来，严冬和严苛都在炉火中熄灭，盼暖的心不再为冬天所欺。把委屈在散落的发上掖藏，才知道一生的相遇也要选择最佳的良机。有些时候目光失了准星，一支箭射穿的心就是残落的瓣，当眼前的国度少了寒冷的味道，很多人才知道爱是岁月沉淀的不弃。那个顽劣的少年也许永远长不大,在时间的怀里永远苛求一份不老的爱情。"上邪,我欲与君相知,长命无绝衰。山无棱,江水为竭……"当古老的歌赋撩拨心头的柔软,九曲十八弯也走成一条循规蹈矩的直线,行走的背影在目光里锁定。

不衡量,不揣测,原路折返还是故乡熟悉的小巷,惹眼的丁香和紫叶李的花还没有完全地丢下我离开的三月,只是一袭罗衣在飘香的厨房里点燃家的烟火。那棵桃花就留在眉心,胜过一朵红棉的鲜艳,时间翻洗所有的颜色,将今生纳入怀中,相册里留下春天的签名:下一站,等你!

从没有想过分分离离的路上会走失,人生若只如初见也只是纳兰的悲叹。总想着后来的结果会比遇见要好,也就把过程里的泪在今天硬生生地擦去。我们都是为春天而来的行客,只是这一年我用粗糙的手掌,擦拭镜头上滴落的雨水。

第四卷
唯愿临风抱菊香

第一章

唯愿临风抱菊香

寒露来袭，一场风中眸中生波慢慢磨平岁月的痕，那枚枫叶和芦花挂着秋风的无畏，你的笑，一如秋天的暖阳！

秋天的共识是走在苏堤时的淡然一笑，直到越过黄河后，燕山山脉的红叶说着秋天的故事。去年今日已经无法比较，在这个萧冷季节，夏天告别的表情留在泛黄的草叶，那场秋雨用磅礴的姿势送走了一切。

很多年了，能说起过去事情的人已经寥寥无几，甚至曾经一个屋檐下听雨的人已经各自天涯。看着秋和凋零的树叶，故都的秋除了城隍庙的琉璃瓦和西山遗留的影像在夜深时翻起。时间弹指一笑，梦中的亲人除了白发和无言都留给清明燃烧的纸蝶，岁月无声地走了，就像很多人在距离中无法用目光交接。

这个凌晨醒来翻着一篇篇日记上潦草的字体，一枚书签勾起冒昧的怀念。都说亲情是无人能敌，真爱摔不烂也打不破，而爱的梦境一旦成为虚拟的寄托，秋雨漫过思念的堤岸，惴惴不安的表情在躲闪中暴露无遗。

不再庆幸无人知道的夜幕下月光的行踪照亮谁的窗台，附身低下的距离被星光窥视，却忘了立秋的原野上镜头定格的一朵蒲公英。青春都过了花期，提着裙角趟过的河流被露水沾衣后的嗔怨变成莞尔一笑，多年以后很多人忘了许下的诺言，把一些誓言换作微笑的祝福。

季节和人生都在变，有些人终究难以走进一张合影，被无奈认同的结局从音信皆无开始，一株桃花被时差打落，她适合江南特定的气温，从此与冬天割袍断义。没人相信燕山的雪是四月飞絮的再现，生命根基上残败的废墟保留最后的沧海桑田，分分合合的戏本添加太多艰辛的成分，一粒种子在霜降前落荒而逃。

情有愿，也无怨，在清晨散步的时候一个女子怀里抱着一只温顺的猫慢慢走来，那样悠闲地走在公园小径的安适让人多了眼羡。想到几年前离开时那些话一语成谶：红颜命薄是众生的归宿，而今天你摒弃所有的骄傲和忙碌的辛劳只是痛了亲人的心。也许很多人无法和早上晨练时那样的女子相比，生活的忙碌和充实被汗水点缀，在后来的幸福中守住艰难的约定。

来来往往，在你的眼里我是永远的异乡，策马西风时一碗烈酒温暖寒冷的夜。托付的一切都在行囊里负重，率性而为的暴躁消磨了夏天的热情。不要细究时间流逝是否改变初衷，重蹈覆辙的故事在另外的季节演绎，或者那座山峦的青黛虚担太多的情深义重，在秋冬时含辛茹苦。

在时光里熬到成熟，这样的代价却特别昂贵。再见时莫笑额头的皱纹和掺杂的白发失去光泽，只能用清静无为的心回馈欠下的分离。沽酒当垆时低眉掩面，一幅幅照片上印证流浪的足迹，直到纵酒还乡，青春的伴流放在别人的故事中。在另一场季节中延续春华月貌，轮回的可笑抵过天荒地老，这时候，一片树枝上滴下的雾水成为大地的珍珠。

习惯走这条小路，为的是去看通往公园深处一片樱花林，这年四月敲开家的门，冬天谋面的城远离家的方向。踌躇的笑靥被秋风凝固，一场迷局揭开，不经意的身影被思念拾起，重整逝去的时光中留下的墨迹。

败退的花叶终结漂泊的步履，用四季拼图，这个秋补上残缺的一面，重生的夙愿附在桃枝，秋风碎雨后一座石桥刻下的诗行抛在远去的背影。打开储存卡摊开阳光下的影像，偏离的目光矫正走错的路径，我忽然听到，明媚的清晨有探访的铃声在门外响起……

第二章

跋涉的生命

　　人总是用各种面具在不同的场合出现，秋天变脸的时候，寒冷已经悄悄走近。曾经在黑夜里唱歌的嗓门只是壮胆的无聊。月亮升起的时候树影的摇动也会毛骨悚然，路边的小河像极了杯弓蛇影的在线，星星诡异，乌云满天。

　　在某个夜晚上演的场面留在记忆中，一个人回家的路上冷暖都走过，春雨冬雪都带着寒，远远不如六月要来得畅快些。见得多了也就开始坦然，所谓四月裂帛七月荷塘都因为月色和花色的朦胧让人多了些憧憬。无法界定季节边缘里那些事，或者你看透了时间里无法改变的表象也就一笑而过。

　　真心能感受到的不仅是时间的流逝，还有不为变换所动的执着，当欲望和利益太多的时候，契科夫的变色龙附在一些人的灵魂上。它除了防备伤害，还有顺应自然的功能。连动物都有自己的本能，何况人类，历史和自然的现象都呈现在人们的眼中，有的自喜，有的灭亡。

烟波散去，太多的恩怨纠缠不休，天空的雾霾湖面的水障笼着天空。渔民总会把星星当作渔火，或者也误以为天边的星光是归航的灯塔。海雾一般都是在傍晚时无声无息，连城市的街道建筑都看不到的时候，心中响起的只是家的呼唤。在青岛那年感受那样天气时心中第一个恐惧是找个地方停下来等雾霾散去。海浪在不远处咆哮，拦海大堤毫不妥协，浪花野蛮地侵略钢筋石头的阻拦，那些海浪似乎把太阳都想吞入苦咸的海水，最后再带着失望退回自己的领地。

经历那场恐惧之后会明白喧嚣与澎湃之间的差别，阳光刺破乌云的瞬间像鲨鱼撕开渔民的网，城市瞬间恢复到最初的状态，车开始提速，停滞的人流慢慢涌动……

这些寻常的景象在生活中一次次重复，每一次变化之后都有不同的警醒，生命总是因为多变而丰饶，在面临一切变故时可以从自然的变化里知其况味。记忆更替后废弃某种怀恋，而人生废弃的又何止是青春和一座城市的路径。只是那年海边的场面太过恢宏，从惊喜到惧怕的过程里甚至没有反应的时间。曾以为一切惊涛骇浪会把我吞没，而亘古不变的阳光和后来回思的静谧处，凶像和畏惧的空间被一点点缩小，直到再次去海边时我会躲着预告里的天气选择出行。

从挂着红十字的招牌医院出来，看着医生开的药有了想扔的感觉，都是换汤不换药的瓶瓶罐罐，回头笑笑，秋风啃噬后的花在阳光下昭示夏天的存在……这也是一种存在吧，像午间挣扎拖沓的步履。夏天和冬天恩断义绝，苟延残喘的夏花在霜降后失去原有的颜色，沧海桑田是世态炎凉的再现。生命价值体现也就是经历风雨后的挥手一笑，然后沿着自己选择的路义无反顾。

忽然想去很久没去过的旧宅看看生锈的门环，被写上拆迁字样的围墙爬山虎的枝条附在斑驳的墙体。当年为了防盗在墙头上插下的玻璃和钢钉掉落很多，只是离开后的十几年间固执地没有出卖的老宅变得凌乱破旧。屋檐下的蜘蛛网纵横交错，不锈钢栅栏锈迹斑斑，宁夏枸杞的根长得比酒杯还粗，无人修剪的枝条上挂满了拇指大的果子。这是败落的丰碑，记录下时间更迭后的寂静。

原来生命自有规律，尽管无人过问依然顽强，看着夏天留下的尾声，希望这年寒冬树梢返青的时节再来光顾的门庭散去无人驻守的孤独。不能忘记的旧宅院逃过了城市化进程中的一劫，也没有等到新主人重新赋予它旧时荣耀。离开的时候看着门楼上镶嵌的那面镜子，天空里的眼睛在那里折射。

墙上的烙画也蒙尘，曾经的心爱就搁置在尘埃中，开始模糊。

这就是时间的魔力，风让颤抖的叶片和果实摇摆身姿，清冷的夜等我重回旧居陪伴早来的冬。采摘多年没有收集的枸杞，用砂纸磨去栅栏上的铁锈，我听到春风撞开木门的声音，熟悉的脚步在小巷中响起。

季节过去之后留下的梦在春天成真，记忆还在，留下寥寥无几的老邻居也变得更老了。孩子绕膝成欢，白发额头留下时间的印记，只有眼睛袒露出的真和表白在心中回旋。

　　用生命在墓碑上刻上座右铭，才知道所谓一生，只是自己一个人的丰碑。那时候的相依为命也可以带着你的所有重生。

　　离开小院的时候发现被时光遗忘的一切依旧还在，生死荣枯不必强求，覆盖在烙画上的山水被掸去灰尘，生命淬炼的火焰留在梦醒的黑暗中，于不同的季节独自安好。

第三章

白雁遥天暮，黄花满地秋

只管走路，不要回头，否则你的脚步会停顿。

少年时终是辜负太多的期待，父亲叹息和爱人的无奈成为记忆里一片秋荒。当这个秋天再次来临后迎接冬雪和春暖，时间里的慌不择路不再是少年莽撞，而夏天离去后留下的果实最终在笑意里收场。

刹那，只是一个回首的瞬间。

亲密和疏离在时间的安排下井然有序，措手不及的慌张只因为欺骗的心无法圆谎。学会在繁杂的社会调整思绪，很多游戏时的拉钩发誓引发更多的笑谈。我们都不会因为落幕而淡忘很久前那些难堪和忐忑的羞愧，终究捡拾记忆里的残酒，随着风嘤咛辗转。

青春像一个温暖的季节，而此时却无法握住久违的手。那些阻隔的烟雨和沿路的坎坷都不是陌生的符号，一些流言如利箭呼啸而来。

我们忘了破空的声音用胸膛里的热血迎接穿胸的痛，最后退回时光的龛笼从头再起。

那样的心情无人对比，远去的目光和箭镞一样犀利。那样的痛勾起几十年的浮想，等面色苍老容颜不再，一江寒水流进天涯的字眼儿，激发几分少年的勇气，未曾涉及的世界让执意变得风轻云淡，何必在一场梦里挣扎沉浮。

总有人拯救，相近的姿态毫无心机，散去风花雪月念，眸子里的星河移走黑暗的寂寞。心若无欺，内心的伤痕已被笑容隐去，很多伤口不再袒露。多年后隔着天涯走在人生的刑场，有人临刑叛逃，有人可歌可泣。把站立的姿态留给今夜的血雨，黎明的歌呼唤不死的柔情。

一卷铁血丹书有三月桃花的色泽，忘了那一滴血渗透在江南的土地，绵绵细雨汇集思念的沟渠，曾几何时我们都不相信几亿年的唐古拉山口下涓涓细流汇集成万里长江。那是岁月成就的天堑，让我们一次次逆流而上，一个冬天在积雪的荒原上宿露的夜晚，看城市的港湾流动忧郁的灯火。

当自制成为一种习惯，很多不快和怀疑都密封在记忆的空间，深秋时能触摸和闻到的气息早已经失去了原始的味道，心底发酵的酸楚变成傻傻一笑。血管里流淌着温暖的血，也就相信这世间最后的支撑是爱在枯竭的绝望中深情的一抱。看叠峦斑斓，有星月为证，甚至月光的白影都是一个圣洁的画面。梦想在枯死的枝丫上酝酿一个春天的故事，让三月不再遗忘。

万物生命都是造物主练就的不屈，当枫叶张开了飞翔的翅膀，青海湖的鹰飞得更高。突不破的云层是生命一道咒符，阳光下很多人也不敢直视耀眼的光芒。我们都羡慕高空下的鹰，而人类进化过程中很多屈服让我们失去了翅膀。

还想飞，陪梦想在浩渺的天空越过最后的海平面。

执迷不悟走过千山万水，膝下的血路绕过生命的断崖，所有的跋涉都是自己的谪放。破开囚禁的围栏去发现更美的风景，走在秋风里拜访一支傲霜的菊，万里烟波上千帆过后，一树桃树下还有千年的足印。归来的巷口丹桂飘香，桂花树在冷瑟的秋风中散发独特的香味，阳光、旧宅还有和脸色一样枯瘦的枝条簇拥黄色的花瓣，那些走失的春天早已自叹不如。

就这样走着，每一个生命都有季节赋予的内涵，把握存在的法则，在青春的纪念册上留下血色夕阳。我们曾经都年轻过，岁月的风华依然带着青葱的倔强不屈不挠，做一个生命的行者，在重阳节的窗前迎接今年最初的一场清白。

那年走时，只有星光送我，去年今日重生的念征服生命的坎途。阳光瓦解秋风里的缠愁，古老的雁门关外用无畏的跋涉兑现曾经的约定，在夕阳下捧起一颗落霞般的心。

翻过最残忍的一页，明天的美好让季节重新编辑。

第四章

不让空梦误流年

千年不绝的香火，是谁风中不变的承诺！

很多时候，其实幸福就在身边，当我们抱着空梦去追求少年的梦想，蓦然回首时那些可笑的执着和内心的坚韧被一个个谎言击破，到最后用回忆惩罚自己。

不要相信诺言，出尔反尔的人永远不值得相信！现在能做的就是什么都信，然后自己一一筛选。那样你会过得更好，因为我们没有必要在别人的谎言中活下去。

风儿知道树叶的飘零，黄昏的云彩和山林的秋色盘旋在走过的山野，那阵风把梦想带到远方，城市的灯火无数次在夜幕来临前开始点亮。前行的路上风尘仆仆，而今生的壮志凌云把一切都收入囊中，出行跌宕和疲惫不堪，可望的时光中闻着风中的稻花香，在开镰的收割中农人感受收获的快乐。

我是大地的子孙，在城市的边缘望着一片金色的原野，理想就是在播种时播下希望和收获。当理想远远大于梦想，就像眼前的秋在季节中修身养性。萧瑟而独立的一季被时间酝酿过后发酵，我看到一双布满茧子的手挥汗如雨，对比自己那些小小的心思，忽然间觉得惭愧。

是太悠闲了吧，写着太多的故事却忽视秋冬的交接，当柔软注入秋的活力，那片芦苇是采摘的承诺，一曲夕阳箫鼓胜过十面埋伏，采菱声随风远扬。千万个词汇堆积梦想的城，如此情景和广袤的原野相比蹒跚着风的和音，一身漂泊被风餐露宿来诠释。

寒露后，风不柔，那时的阳光和笑脸抵在时光的背上流转，少年时的信念附在表情上随梦想独行，懵懂的心被岁月教训。直到我们长大后，曾经为赋新词强说愁的年代一去不返，而白色的生宣写下的感悟在秋天里挂彩。这时候有一杯茶放在案头，而你终究是独赏的词客，在黄花下说一句天凉好个秋。

少年的你是书页里的签，在合拢的扉页上藏下一个愿，清晰的脉络和被风干的夏天就此珍藏，窈窕的身形追随在梦想的边缘。那样的痴迷和执狂伴了天涯外无数的路，有的笑只能在枫叶报红时捉暖。

捕捉不到的，是袅袅的目光。

子夜，梦不可对视，甚至理想都披了残酷的外衣，萧瑟的夜在屋檐上停留，栖息的鸟儿也告别了暂停的枝丫。它们总是要飞，伴着我一样迁徙。可你早已经把心思折叠，在梦想的那端煮酒烹茶，庭院深深处翻起旧时的封藏，我们的计划已经出笼。

很多故事和众生一样相似，甚至宿命和使命纠缠不分时都坚定许下的未来。温故知新，少年的书页早已残缺，一双手翻起的书页重新看到理想的章节。那枚书签不再是寡信轻诺的枯竭，在秋风撕开的一角，有些梦想一直没变。

将夏天枯败的花枝修剪，在最后的港湾理顺凌乱的发丝，秋天的尾声送来最后一缕桂花香，写在红叶上的开场白停留在冬天的怀抱之外。那时候不会再说抱歉，也不会说异想天开的梦扼杀在跋涉的途中。一株落叶草尖上蜻蜓尝试着站立，原野上的风吹开了成熟的草籽，在来年春天衍生大地的绿色。

一次次重复季节的轮回，相信梦想也能开出花来，也许放弃的路上有很多风景再也无法欣赏，有人背离的梦成了一片荒芜。当一杯茶温暖不眠的空夜，才知道三千年的故事里我们都无法在虚无中立足。

梦不分长幼，冬不离寒冷，仍然相信命运成全的理想来自于坚韧和不屈。雁北的萧冷被江南的晴阳唤醒，时光的戒尺高高举起，不予理会地仓皇销声匿迹。不再贪恋一场空梦里的繁花似锦，阳光斑驳的窗外一个身影慢慢走来，再也没有秋殇的痕迹。

第五章

焚香烹茶，静秋

　　了断夏天的念，便如了秋天的愿，留住繁花似锦的热烈却留不住时间的催促，一切都会不着痕迹地离去，只有朗笑和音容留在夏花之上。而此时端坐的庭院，花落月清，季节度化的感思终究带来时间的宽厚与偏爱，在风起的时候让一片孤舟留在温和之地，秋水寒烟和北地雪花乱舞有了相似的冷，这一切起因都为辗转流连后心静神安。临窗望天，藏剑袖风沙洲冷生生改写了曲调，寒枝遒劲将岁月的屏障戳穿，无处躲藏的喜怒哀乐接受季节的规劝，抛开留恋的痴妄。

　　秋如心一样安静，斑斓的色彩渐渐就淡了，入冬的北方雪花舞尘，走过的花径单单留下回望的踪迹。在家乡的湖边和城市的脚下踏着落叶，枯莲坠池和霜的落眉都是萧瑟的景却也是一番干净利落的画面。视觉中少了繁杂，天然去雕饰时人景合一，也期待这个秋后寒风可以收敛，让江山湖水多些清眉羞黛，免得冷落了这秋的疏冷无妆。

　　总是喜欢这样的季节，虽然臃肿的身影在时间的推手下慢慢移动，那片芦花的摇曳像极了梦中的经幡，最初的路口是冬还是春已经不重要，我们偏身挤进的红尘在离别后无语凝噎的萧素是否值得沉湎？一支支芦花和天空对峙，只是那一片苇叶上悬挂着春夏的精魂。看远方飞舞的蒲公英，一粒种子欲与天公试比高，这也是生命的威仪在漂泊中寻找最后的栖息地。

　　老树昏鸦，夕阳瘦马，提灯挑帘的夜和春夏一样坚持，认了这场秋霜后的寒凉月色甚至冬天的风都带来春的清香。总是因为期盼而多了憧憬，那样的目光和容颜在天涯对视后会心一笑，曾经离开的碧色还在遗落的记忆中安身养命。

　　心底的春色不会消散，烹茶煮酒问静秋，内心的圣地还是开满了不败的花。不再争吵喧闹，一身素衣和笑安藏在手链的菩提子上，心被紫檀色的念珠超度，行走的江南和北方的雪地让信念贴在脉搏，目光滑下沉寂后所有的不甘被秋风荡开。

　　想着初秋时的从容，颈间搭配的丝巾却不合江南十月景，荷未残，秋榕盛茂，回忆夏天的莲荷眼前的湖水还是像从前一样温碧。谁说秋枫不是夏天色彩的沉淀，绾在风中的丝巾和长发缠绕，那样的笑声在时空荡漾，让背影留下投注的一生。

　　从秋的眼睛里读懂了你，季节的斗场上走来冬夏，用不了多久寒风登堂入室，而燕山雪始终没有真正走进江南，只有一层白霜挂在树叶，成为冬天摇起的幡。风裁剪季节，寒烟醉意模糊送别的呢喃，留在山里的霜林挂着春夏酝酿的果实在高空晃荡，嗤笑一个身影在远离秋林的踟蹰时一步三回头，留恋告别的北方。

从一枚落叶中捡拾秋天，一双手停滞流动的叶。在北方雪临时回头，思念落了锁，也禁闭了骚乱的心。大自然的画笔一次次改写季节的容貌，而漂泊的苍老早已经爬上额头。遥望江南烟水路，西塘的灯笼迎接夜归人，那双眼睛和流星划过黑夜的站台，最后的风掠过冰凉的脸。丝巾和长发都在晃动，直到隐入黑暗的车轮在铁轨上消失最后的音符，北方的秋带着不舍的背影一起南下。

无法应了江南旧景，北方已经在梦中入冬。这一次离开是磨难成就成长，让秋在风雪里沉淀。或者我们会失去曾经亲昵的表情在陌室里焚香煮茶，一场风定了最后的结局，时间最终写出一个完整的故事。

第六章

陪秋天上路

及腰的青丝被唐突的风卷起，一片芦花落下，和银丝呼应了秋。

如果一场眷恋和信念被世俗打破，掠过额间的温柔如少年的初曲，而一束芦花也遮挡欲语的表情。听着水的流动，看着波的絮卷，岁月染了你的青丝，一笺墨色唤不回青春的歌。秋的菊香和夕阳做伴，更忘了离乡时的独自凭栏。

时间消遣过誓言，信誓旦旦是霜降雪寒时的醉笑，不着痕迹离开的夏天空留一池残荷，只有芦苇荡被秋风拥挤。一丛丛泛白的花比春色更加单一，谁的白衣飘飘揽进月色的怀中，用青丝弹一曲朝来寒雨晚来风。

再回到故乡的湖边，还有回首一笑的声波晃动流光，和夏天相比无边的湖水都起了阳光的涟漪，游船上的古筝暂停的时候我想起了西湖小瀛洲在上岸时即将告别的表情。一个脚步的起落迈过记忆的门槛，曾经的清傲深陷红尘，时间和距离让天涯人分为两个季节。眉峰鬐起的钱塘水有太多的潮涌，那年的秋连枫叶都带了晚夏的憔悴，岳王庙里仰天长啸的岳武穆不离的剑锋，最终挽救不了一个亡国的南宋。

身后的春秋在踏破关山的残阳里留不住江南柔软的夏，萧山机场安检前的辞笑最终被八月送走。那时候我们都愿做沧海一粟，记忆盘活的豪情在江南地重新找回。冬天的湖是银盘中落雪的宁静，曾经断桥上俯首的身影在平沙落雁的秋天收帆，无法追溯的只有汉乐府的胡笳声声：北方有佳人，一笑倾人国……

仰望眼前的芦花，闰九月的秋抹杀了一个名字，满湖风色水声都是一个节拍。过不了多久，我在雪中寻梅，叠叠软红被寒风坚韧，那首塞外曲被月光弹着，从此明了这不见刀光的江湖。

这天的秋似乎特别好，天气也善解人意，岸边的银杏树金黄色的盛装依然有生命的威仪，零星的果实落在地上，让游人多了几分意外惊喜。这片白色和锦黄并不是季节最后的定局，如果一世相遇被时间失手无法成全未了的因果，用记忆拉近回忆，长不大的笑容还是熟悉的眉眼。时间终究会告诉我们真假，只是一缕青丝还在扰乱面部的表情。

看透季节的变换，无风的船舱外是白茫茫的空旷，目光随着呼吸在移动，那段岁月就放在唯一的地方，软软的，像一壶茶入口醇香。这片芦苇就是秋天的标志，不再担心有人弃岸而去，曾经夜寒下的苦霜成就了那些秋物，兼葭里的浪漫被心抚摸，成为轮回里的阳光。

　　看得见澄澈的湖，也迎着相遇的目光，尽管擦肩是一场如水的清缘各自珍重，也不愿去苦觅春花秋月时的人俏水冷。在此时的况味里寻思走过的跌宕，谁的昨天都是明天的故事。将怀念轻轻收起，一壶菊花酒醉过红尘，随青霜点了鬓角的白。

　　一个人有一个人的事情，一辈子有一辈子的事，秋承接季节亦吹散浊念，碧波轻摇，垂顺的发理顺在无敌的岁月，剪剪风中浅笑的靥被青丝遮挡。水暖也怜人，旧时的秋无人闻到芦苇的清香，湖水渡了苦行的身影。月色落在窗台，嬉笑沽酒寻醉的少年落得一身苍夷，与世隔绝的自闭错过太多风景，如今我们还在苦苦寻觅，陪秋天一起上路！

第七章

陪你度过最冷的冬

北风卷地百草折，胡天八月即飞雪，我在想象这个十月的草原又是什么样的景致。

荒凉，苍茫都不再重要，白雪皑皑是北方冬天最圣洁的颜色。想起多年前最冷的冬天一个人流浪的北方，风呼呼摇晃着大地的孩子，野草接连承受霜雪的覆盖。原以为北方是没有霜的，进入冬天就是严寒暴雪的来临。清霜没有像江南一样成为冬天的前哨，沙尘和狂风拥抱，暴雪和严冬为谋，风吹草低见牛羊的场面如切换过的电影画面在瞬间消失。

在各自的路上跋涉，也许春天并不是季节唯一的领路人，北方的冬天一直很漫长，冷暖变化和人生一样微妙，随着季节迁徙聆听远隔的距离里心灵传递的感应。生命繁荣和衰落岁岁枯荣。对于草原来说，每一棵草都是人类生命的写照，穷其一生而拼搏生长，即使野火燎原，扎根在土壤下的根须依旧萌发生命的蓬勃，才有春风吹又生的顽强。

我们都是一棵小草，生命就是一粒种子聚集在某一个地方之后造就城市不同的景观，也形成了草原的辽阔。

连绵的山峰，奔腾的长江汇集的力量可以开山辟地，黄河从高原上穿过内蒙古下游之后，壶口坚硬的山石被劈开一条蜿蜒的河床。那是一种生命的力量，而亿万年的塔里木河在今天断流时，沿岸的胡杨枯死，曾经的草场变成了沙漠。西域三十六国淹没在万里黄沙，这一切是人类的悲哀，自然界的规则就是因果循环。

秋风越来越劲，北方的草原和遗忘在身后的城市时而会在记忆中冒出来，人类出卖的沧海桑田被剔除在美景之外，很多无名花也不再盛开。我的北方开始在仰慕中枯竭，为了采矿，大片的草原千疮百孔，一条排污口流淌的毒素彻底摧毁了草的生命。可以再生的绿色被扼杀，而总有一天他们会吞下自己带来的恶果。

此时，春天已经缺席，一阵风让飞扬的种子随着风向漂泊，它无法选择生命的栖息地在肥沃的土地还是荒凉的沙漠，在一场雪落下之前重复生命相同的过程。春华秋实对于脆弱的人类来说太过平常，不是每一粒种子都有一个坚硬的外壳，唯一能做的就是顺应生命的轨迹前行。

风忽冷忽热，更有人想陪你度过这个最冷的冬。春花秋月慢慢远离，有些冷漠把最寒冷的时间交还。找不回过去就把握今天，记忆中藏着你的遗忘，常年走过的坎途越过冬天的封锁线，但是在往常间却问自己丢弃了那些陪伴的哭笑是否值得，寒冷的草原有没有春天的方向？

固执扯回记忆模糊的背影，离开春秋和时光对弈时却发现败的总是我们。草叶尖利因为它的叶片被寒风磨成了剑，在指向苍穹时也可以穿透天空下飘来的尘埃，只是尖锐的心面临生命的图腾将愿望深锁。苍茫的草原在季节的断崖上开始沉默，流动的绿色只能仰望，我不禁想起丹巴吉林的湖泊，流动的水四季都不会冰封。湖边的胡杨、芨芨草和骆驼刺相依为命。当我走到你面前说起最糟糕的时候没有暖气的北方彼此取暖的日子时描绘的春天。我们都在时间里喘息，也不计较冷漠和热烈时表情的变化。走在尘世，更难避免人情的破绽左右情绪的低迷或开朗。

故意走错路的时候，人往往找不到方向。

蜀道难，却难不过人生路，有的人只是未曾谋面的陌生，就像春夏时丛花绿草在你北方绽开的默默无闻，天蓝水绿，不知名的鸟盗取过未熟的草籽却无法被稻草人缉拿。那样的画面真好，将信念暂存在肥沃的土壤，度过冬天的劫难才知道生命漂泊时有无奈的悲凉。

坐在秋天听秋虫呢喃，明白时间永远没有变，变的是欲望截断衔接的冷暖。把冬天揽在怀里看白露后红叶漫坡，走过死亡之海，不再说疲惫的嘶哑是漂泊的宿命。将一切推翻，就像一场赌局时重新洗牌，为爱的挣扎落定尘埃。

惧怕风雪来临时撕破天地恐慌的表情，很多人都看不到生命的种子在坠落之前从容。那天你把蒲公英在嘴边吹散的时候，谁会在意它会漂泊在什么地方。但是我知道春天的希望在离开时已经经营，灵魂追随风的走向，在冬天的荒野上歃血为盟。

陪你度过最冷的冬，生命也涅槃。

第八章

留给秋天的背影

秋里念夏，冬里抱春，望断南飞雁，离歌唱瘦夕阳。长长的光影留在地平线，过不了多久冬天就会踱着步子一步跨越秋天的门槛，寒流迫降阳光的温度，有一根羽毛跌断在泛白的芦苇荡。

将这样的时光打磨，这场风终究将沉睡的冬天唤醒后披上一身洁白的羽纱端坐在山峦。眸间映雪的欢喜传递春天的愿望，将所有的羽毛收拢在家的港湾。风的轻吟卷动尘霾，长长的发辫煽动今天秋容里沉淀的色彩。跨越季节，目光捕捉春花秋月留下的瞬间，在冬天的晨光中迎接朝阳。

不必用死来读取深情的伤害，也无惧十月埋下的伏笔成为春天诀别的理由。在逃离夏天时演绎的故事寻觅后来的归宿，恒久的热情不会湮灭，否则为什么不死的冬青和青海湖的水永远那样碧绿。背着行囊看秋阑幻月，触摸十月的体温，一丛菊花上蓄养的惦念摇曳千年。青丝束起躲避微尘的侵入，相约在行走的途中看一只秋雁翱翔的翅膀寻觅散失的曾经。

尘烟荡起，荒漠上一身红衣成了醒目的坐标，在季节的咽喉里挣脱寒冷的瓶颈，用脚步丈量的天涯可曾缩短彼此的距离。行云步雨的夏，冷暖交叉的风让一个影子和阳光依偎一起浮在摄录的底片，江南石板桥上感叹的江湖之远是薄霜瓦檐下冬天流淌的音符，霜降过后，春的篇首已经在冬至时落笔。

时间肆无忌惮，很多人不谙世事会在一个季节迷失，而一旦和真情恩断义绝，蜷缩的窝回味自己的故事时有多少不为人知的悲痛欲绝。在无奈的纸上画押，王菲的《百年孤寂》谱写下一路忐忑，镜头留下的春绿在野火焚烧的焦木上萌芽，愚钝的灵台如星坠时的恍然大悟，落花于七月争辩，你的慧眼冷冷旁观。

萧瑟和目光对峙，扯不断的纤维留在断裂的枝干，这个晚秋山野和荒漠连在一起，人类和万物自然不断争锋。没有敢留下的只言片语遗落在闲游的山水，你追寻的不再是黄粱一梦后不归的失望。七月择果，十月草折，我们走过相同的路上证明矫健的步履还可以穿越更多坎坷，希望闪烁在阳光的午后，妄自菲薄的流年把骨瘦如诗的叹谓独自收起，成为天空下孤雁的落羽。

荒野里的篝火在静静地燃烧，用不屈征服流年，群雁也能唤回走失的孤单。南来北往的驿站总有一盏灯火点亮在无人的午夜，多年前写下的童话磨损了青春的脸庞。季节收拢的繁华背后，一只雁栖息在静谧的湖滩，你只要向前走就一定走过那片荒芜。决意的目光穿起过往的季节，一枚枫叶和留下的足印流淌着鲜红的血液，赋予阳光和生命中流动的顽强。

红色的背影永远是心底无法褪色的记忆，随着季节发声迎合生命的旋律。原始的道场焚香击鼓，让秋天最后一场生动行走在你的歌声中。我看见一面旌旗在秋风中猎猎，帐篷外的驼铃和看不见的身影停留在走不出的异乡，蹒跚的路上积攒春天一样的能量，感受众生的爱和包容。

走过冷瑟，一双脚迈过铁马冰河，尽管多年以后我们都无法逃避死神的怀抱，何不用今天的抉择在流动的风景上成全彼此相同的索求。季节一变再变，唯一不变的只是时间，时光的隧道穿越过你我，绾束的发一丝不乱。不再担忧岁月的刀刻画沧桑的脸，离开围暖的冷，隔夜的篝火在秋阳的投影下早已成灰。走过的荒径在明年会开出花来，这个冬天藏起的绿色，酝酿出行时一树桃花的瞻望。

第九章

秋影撩窗，寒烟不散残阳里

天凉多穿衣：这样的叮咛是很久前最温暖的回味，那时候第一次离开了家，亲人因为担心和爱得心切唠叨得太多。少时离家的激动和脱困的自由让人忘乎所以，直到伤痕累累时才明白不懂的太多。谁都知道冷热，可是总有人自以为是，直到伤寒感冒再添衣的时候已经迟了。

药能治疗病毒，却治不好内心的疾病，每一份幸福，都必须用真情来获取。

一次次重复那些不该忘记的事情，从青春到年少，有些执着最后成了笑柄，你无所谓别人又何必在意。一岁年龄一岁人，直到在体会和承受之间慢慢懂得，少年轻狂时所做的一切到今天看来是那么的幼稚，很多错误也无法挽回。

这就是生活，你有你的活法，他有他的追求。

旁敲侧击和信念的不甘对很多人无可救药，木鱼声声余音缭绕的经堂一样有人大不敬，不能成佛就做个俗人，可以礼佛，不可亵渎。亲人叮嘱的声音未绝，一枚树叶和青果转换了颜色，而人生的赌注被季节翻牌，很多结果在愤世妒俗时改变了初衷。

从春到冬，风花雪月弹指一笑，所谓抱柱信和月上柳梢头是品格的生成和环境的成全，而嗟叹的只是无奈中时一厢情愿。青梅竹马是阖眼的死寂，终生的遗憾也就是那枚青果上被害虫啃噬的残缺，一幅画面在臆想中描绘，我们总是竭力完成那些幻想。苏小小墓前游客的感叹犹在耳边，而西湖的山水总因为心境的改变成了荒凉的颜色。多年后的黄土没人记得你青春娇艳，不能触摸的温度只是转身的背影被黑暗吞噬得无踪。

这样的笑容在时光的抹杀下最后如烟般地淡去，青春和美貌在秋冬时回味。同甘共苦和同归于尽一念之差，背叛里获罪的感觉会因为苍老而殁。

所有的结局抵不过内心的真知，每个人为自己错误的行为定位，最终付出不可挽回的代价。惩罚不是为了摧残，而是让人铭记后悔改。

几十年人生有很多时间失了内心清明，而能够无悔的也就是几天或者几年。婚姻是维持会，维持不好的最终是全军覆没。爱情的词赋予太多的内涵，奢望太多的时候它给予的一切不是婚姻里共同的收获。在台东时看到油炸的飞鱼，忽然想到这样的生命在跃出海平面的刹那它能飞多远?

我们都走扑进一个怀抱,不知道能温暖多久,也没衡量得失。相对古人来说生命的长短不可同日语,可很多人忘了顺应和真爱可以让人赴汤蹈火。元好问的《雁丘词》给后人留下一千多年的答案,而如今很多人却不知道情为何物……

悲凉的是季节,苍凉的是人生:当你的心跟随在爱人的身前身后,很多唠叨和不以为意的吵闹不会记在心里。如果你不愿同行,怎么又会时刻在意。容貌、才情对爱人来说不为重,能捧赏的珍爱是在任何恶劣环境下的心心相随。那时候一块石头都是心里的宝,就像在内蒙古时明知道一块假玛瑙石也欣然买下。不为其他,只为艰辛不易后的懂得。

离开某个地方或者一个时间段回忆相似的场面,发觉生命只是泥土的时候已经迟了。爱的人有太多的唠叨是因为他奉行了一种文化的残缺,总是把最爱的人当作孩子。那是五千年的人文历史传承的不变,虽然不足为赞,可我们依然需要在生活中习惯着改变。太多的爱不是剧本,临窗的守望和风雪夜归人在瞭望的身影中生一丝怜惜,不要在分手的时候才发觉曾经的誓言是因为你自己的背叛而被别人改写。

随笔絮语用二十四史为鉴,一曲楚辞写不出路漫漫其修远兮。远眺这一方秋峦烟水,你的额头留下苍劲的抒怀。秋雨绵绵的渡口船儿已落帆,缘如水的相招是渡岸时的迎接,当我们背叛了初衷,陡然发现命运的嘲笑是不可抗拒的宿命。那时候,爱是一湾浅浅的海水,你在这头，我在那头。

情绪的辗转不再蠢蠢欲动，恒守的归处会不会随落华而变？家的归宿把爱安置，所谓擦肩也就是眸中一季的水暖。这一切源自于性格，在过往的故事里狼烟四起。时间面目狰狞，一颦一笑直接袒露的心思被时光留影，你一定知道夏暖秋凉的行之路被春雨冬雪阻隔的路上很多人不择路的执着。

有一种爱不用说起，而此时总有人想起。

三月杏花雨的歌谣在牧童藏起的短笛声中断绝，长短的发上始终有那时的雨。这个秋不要移走曾经的影像，只是在痛的时候人们能记得曾经走过的季节拥有的寒凉，让真心破解红尘间那些繁杂的难题。

三月桃花引路，一米阳光成为寒秋后的绚烂。你说菊花开了，整肃的行囊里把分离的四季收藏，黑夜里有一扇窗，时光的冷眼中那些焦灼和繁华留在背后，过往不足为凭。

第十章
生如浮尘命如烟

　　季节步步为营，岁月锋利如刀，一场场秋雨连绵让温度骤降，树上的黄叶也就多了些起来。而雨天唯一的好处是天空中再也没有那些浮尘，洗涤过的天空清晰得可以看到厚厚的云层在流动，变换各种形状，像森林，像海洋，也像奔腾的黄河。

　　第一次下雨的时候心中有些惊喜，持续已久的旱情得到缓解。干涸的土地贪婪地吮吸着降下的甘霖，没有雨水的滋养生命都会干涸，这里也包括地球上每一个生命。

　　秋雨缠绵，月色抚摸不到的乡愁已经离开记忆很久，夏天的威风不再，一场雨主宰了这个世界。秋分过后，农人开始犯愁，连绵雨季让正在成熟期的稻子无法灌浆，得失都在自然间体现。迎来送走时间里的朝夕，天涯那端站着别样的风景，我们看着时光里的影子，却难以在眼前看懂生活的不堪。所谓无忧无嗔只是重复佛家的禅意，而流年记忆中却寸草不生。

秋天来了吗，曾经的丰泽和葳蕤被一场寒风剪断了思绪，时间不亢不卑，在落尘的雨中所有的叶片都承担着风霜的痛苦。寻找不到季节的漏洞，风儿在湖面上笑出皱纹，一年的剧情被四季肢解后太阳的光环画成了彩虹，终于雨霁天晴。

立秋时，翻转的人生披着红尘的外衣肆无忌惮，只是这如烟的生命说着命不可拒的老话。捡拾不到记忆的碎片也看不清三生之后的模样，把秋天拢在怀里，说一声天凉好个秋。斑斓的秋妩媚的春被冬天一网打尽，总有人错过了停靠的岸还在远方漂泊。常说落花流水终去也，而天上人间那些事在秋光的祈念中折换成无言的晚歌，一双手，点不亮书案上陈旧的红烛。

季节都卸妆，而采摘的硕果摆在中秋的供台，春花秋月写成一首词，再也不见旧时的人踏上归来的舟。四月柳絮变成了满天的雪花，再去回忆时，我们抓住的记忆却是寒空下碎裂的星斗。

关注的青春还在飞扬，秋天无辜地站在季节的门槛之外，很多改变只是一个黯然的转身，爱被时间缩水，寂寞无限放大，浮光掠影里的微笑像一支烛火摇曳着黑暗里的谎言。秋风带着杀气从北方南下，虚掩的窗前飘下一枚树丫的弃儿，那是在春天存活过的生命，在落叶归根的定律里重生。

阴沉沉的天和缥缈的烟上下呼应，记忆的废墟里重新找出时光的影子。夜晚是安静的，偶尔有邻家嬉笑声传来后打扰秋夜无声的静

第四卷　唯愿临风抱菊香

谑，一些丑陋都被掩藏，只有常青树一年四季用同样的表情默默成长，看一场雨把荣辱繁华抹杀得干干净净。

时间无法丈量生命的长短，很多走过的路被无数人踩踏，我们沿着一条路披星戴月，甚至也留下一脸的阳光。北风咆哮和春天的柔软就这样一笑而过，遗落在纸上的记忆躺在无人窥视的封面。浮尘落了下来，只有很久前收藏的那枚菩提叶做的书签在历尽风霜之后还完整地保留生命的骨骼。

人生和自然的终点都在这个星球上依托，完美的弧线划过天空下的阴霾。它不是流星，一枚树叶完成了最后的使命，就像一支烟在吐纳间燃烧殆尽。

半生半疼的蹂躏在此时平复，泽国里水稻田的蛙声有气无力。某个清晨，久违的阳光懒洋洋地照进穿过窗帘，多变的色彩和山林的秋妆合二为一，走的路上很多风景和一张面孔开始重叠。东篱把酒黄昏后，一丛丛菊花开在一片高地上迎霜斗雪，酷热已经和秋天绝缘，袅袅烟雾在远处的山峦上蒸腾。忽然发现很喜欢这样难得一见的景致，生命的布局井然有序，萧条冷涩的沉寂是生命中不可短缺的连线，陪我们一起跨过冬天。

第十一章

时光轻弹，人依旧

　　无法把脚步延伸到南方之南，一颗心就在文字里止步，从此也知道时间是无敌的真正含义。春花秋月在身边流逝，一份真诚伴你生命的终老。对于生命中一些过客分辨不出是喜欢还是忘记，更不在意有多少关注和无视。那些留在心底的人和事如琥珀一样沉淀，也包括一些喜欢更不是青春和容颜的定义，那样的风华无论是春暖还是在沧桑后带着一份秋味，无数辗转间，翚笑和回首的颜爬上岁月的轻痕后，我们始终如一地面对时间的挑战，少年看重的离散依旧记得，可笑的是人生很多缘分被时光打趣，留下一次次擦肩的回眸。

　　把一份真安放在内心，目光低在远去的背影。谁的青春不是少年，谁的知己不是红颜？或者一杯酒少了岁月的味道，只能把祝福在墨色里搁浅。如果擦肩是相遇的停顿，唱着几十年熟悉的歌再次登临古老的菊花台。

季节划分界线，快乐相错而过，只是转身的背影留在江南地，用菊花做成傲然的从容。抽身而退的优雅嬉笑我的幼稚，晚秋寒水上用芦花为雪提醒冬天的到来，在北方的城池秋风煮茶，沏一壶难以割舍的亲情。

无法忘记的一切赚取专属的快乐，聚焦的风景还是故乡湖边的一片蒹葭。谁会在意亲人的怨怼，举手投足时的笑容相送都是快门捕捉的释然。一身白裙在泛黄的苇叶前如芦花一样洁白，很多年前横在嘴边的芦笛却无法定调。湖水用夏天的颜色作为背景，散落的蒲公英落在青丝上妆点目光的亮点。夕阳西沉，渔船的灯火晃动夜的静谧，在一曲渔歌里回忆少年的画面。那时的你摘取未熟的菱角，头发都有秋天的颜色，营养不良的身体带着无谓的笑端坐在船的那头，弯弯的眉眼是少年的无拘无束。

在时光里奔走，却总会走失很多人，千里江山一点秋，如今的素衣轻履多了一些稳重。在岁月面前谦卑，行走的脚步像猫一样无声无息地进进出出。杏花雨下的伞收了又拢，窄窄的小巷在折返的途中调皮地跳起摘一朵杏花。夏天来临的时候，一楫小舟慢慢摇过少年，在秋的掷冷里采很多芦花成为脚的护暖。那样的童年和少年曾经在雪地上奔跑，直到堆积的雪人融化，用红枣镶嵌的眼睛成了坚硬的玛瑙。而在一只筛子捕捉的鸟雀时看着它可怜的眼睛，竟然一下把好不容易蹲守半天的猎物全部放飞。

面对呵斥，你竟然嬉笑着跑开，那是天性里的善良，雀跃时像天使的飞翔。夜晚木炭燃起的炉火炸起星星引来一阵笑声，蜷缩的冬天脸色红得像黎明后的太阳。到如今在画面里辨别童年，我们用什么样的方式去捡拾遗忘的快乐。攀沿在时光的墙上那些爬山虎只留下不死的根，甚至用洗衣粉融化的水吹起的泡泡都是七彩的梦幻。马尾巴被一根橡皮筋随意地扎起，目光在今天重返的镜头里清澈如水。我又看到了一支芦花在你嘴边吹散，纷飞的芦花更像在北方独自行走时用呵气吹散唇前的飘雪。

岁月从不打折，很多年就这样过去了，木板做的秋千架上惊叫的欢喜被风吹散，握紧绳索的手再也握不住时间。青丝晃动时少了恐惧，柔软的秋草堆积成厚厚的毡毯，那样的记忆为什么在后来一笑而过。

如今走上故乡的路，阳光洒在每个人的脸上，从念念不忘的记忆中提取褪色的记忆，只能低头摆弄着相机里的画面。时光里我们都已经长大，青春的单一从过去到现在浅浅的湖滩上又留下歪斜的脚印，微寒的风中素白的衣裙多了难以摆脱的寂寥。在采摘芦苇的手颤抖的刹那，是什么让这样的秋天多了感动的含义。走在秋天里，春荷秋叶都是记忆的残迹，脚下踩踏的声音是生命的回音，镜头重放的画面夹杂太多的感叹，在冬天来临之前再一次感受命运的怜惜。如此这样地走过，每一次冷暖的交替总有一声叮咛和嘱咐，都说亲人永远不会因为曾经的伤害而记恨，在如今看来，无论是亲人还是朋友，只要是真心相待，即使在岁月中存在一些误伤，我们总是在原谅的安慰里给予不变的温暖。

　　临风望远，曾经青稚的端庄多了成熟的表情，偶尔的嬉笑间长长的发如瀑布一样散开。看着湖滩上收集贝壳的手被岁月的潮汐清洗，轻微的皱褶里隐藏很多岁月的沧桑和磨难。远处有人唱着即兴的渔歌，我们一起远望这碧波浩渺的大湖，一朵细微的浪花在手面上闪烁太阳的光泽，水晶一样的光泽溅湿了裙角，这样的场景被设定的光圈定格，风和着芦苇的音律随时光轻弹！

第十二章

一字之秋

恭敬的表情成为无语的沉默，在秋风寒色间捻字为笺，才知道失去的夏天那些青色无法填补萧条的冬。每一场换季的风都孕育在后来的寒冷中。我还能用酒做引，服下疗伤的药在旅途中寻暖。

拥趸的一切被时间反复搓揉，晨露如雨，滴滴答答地落在秋叶上，曾经青青的碧草如今染了黄色的装，那片湖水倒映心的澄澈藏在游子的眼中。秋天归来，八月的风做了谈笑，青丝泛白的坦然迎接暮垂时的风餐露宿，在亲人的目光下奔波，然后在结缘的山寺点燃最后的香。

四月时伫立在佛香阁，膝下的香垫跪就未知的祈愿，合掌的虔诚附着阳光的亮点，在走过的田野城市总有不计篱落的黄花遍野。在平凡中寻常，却忘了笔下恣意行走的句子只是参悟和修行，我亦不敢负了温暖的等待，哪怕在严冬时用一壶酒自暖。

读你的三月心如沉香，前世的缘分被命运打乱。疲惫的城市灯火阑珊子夜的等待，这秋天的枯涩可有今世续接的葳蕤。埋藏在黑暗中冬虫蠢蠢欲动，等一声春雷惊醒沉睡的梦，你的宽容将最后的残冷融化的时候，我已经将春天的陌生变成熟悉。

走进寒舍才知道家的温暖不是一个人的天堂，梅香朵朵，再也不见枝丫的繁杂，让归家的游子在药香中入彀，那些没有生命的方块因你而散发生命的味道。秋的磅礴和冬的肆虐遵循最后的规律，你知道什么是最后的回归，让连着生命的血脉传下彼此的衣钵，在走进的七月收拢散落的旅程。

我们都在注视这一路走过的艰辛，甚至用朝拜的匍匐不嫌不弃。心思的盛不再是忘川的水，曾经淹没的城夹杂半生泥沙。谁会走在熙攘的背后顺着祈祷的半生一路向前，柴扉朱门总有形影不离的雁掠过低空，它看到桑烟，也看到芦苇荡上落帆的渔船，临别时的艾草还插在端午的檐下，等这个冬至来临的时候制成还魂香，点燃在祈福的案头。

秋草折服，墨里画意就这样被秋色点了一笔赭色，来来往往的人群中你将三千软红只停留在一瓣桃花上，目光停留在宽厚的背影恭送来去的无言。我把秋色涂抹在掌心，用霜雪炼制拒寒的丹药，那些笔下的图腾蘸满誓言，也想起经堂前闻香的客神色中袒露的真，只是我们都记得一只燃烧的香烛上袅袅青烟在消散的屋顶熏黄了雕梁，而我依然不会忘记那一天你燃香的表情。

无意的回首总会撞上关注的目光，风的旗帜高高举起，寒露蘸墨青霜无语。文字将一场相遇的色彩描摹得浓烈，记得在与不在的日子有多少心思随风，而一阵笑声也掩藏不住落寞的怀思。或者礼佛只是敬心的表述，而被时间搁置的片段中尘心难得心静。不为涅槃不为重生，只为今生最后一次珍惜，去跪求最后的皈依。

　　深夜的庙宇佛光都暗了，星星诡异地眨着眼睛，离开那座香堂很久了，霜风露宿的艰难终结在七月的荒原。夏天的影像构成宿命的城堡，在唇齿相依的典故里用一碗酒疏通堵塞的血脉。或者粗茶淡饭散发的香气也牵扯童年彼此的故事，甚至开在草原上无名的花儿都成为曾经向往的圣地。霜降后千疮百孔的大地总会被春天修复，这一粒丹参片在融解的寒夜里，忽地开出花来。

　　将宇宙中最后一颗星星摘下，让希望的黎明在寒冬升起。感谢有你，双膝跪下的祈愿中把无谋的邂逅声声念起，你的梦在今夜东窗下坐床。

第十三章

在冬天里落座

　　静静地寻些秋事出来回忆，在冬天里落座，奔波的疲惫被家舒缓。守着安静等着春天，不苛求一场流逝的风景铭记季节的誓言。风有声，言无踪，在冬天里兑现的快乐被一杯酒怂恿得肆无忌惮。孤身出行的豪气开始收敛，在严寒时守着心中的暖，一场雪覆盖了久远的乱象。

　　风乍起，乱了寒水的涟漪，叩响午夜灯光下帘栊上的风铃，那样的浮生是一个人的沉寂，在盘上敲打岁月的音符。

　　很久以前的冬天，雪地上留下的脚印歪歪斜斜。班得瑞的《初雪》如同天籁在斗室里撩人，目光上的下弦月犹如冷峻的眉在毫无征兆地离开后簇拥。一场风过，你摘下了耳垂上的银坠收入怀中，雪色的羽绒服很快和大地融为一色。那时赌气尴尬的笑凝固在脸上，在后来的回转中成为调侃的笑谈。

今年的立冬是在异乡度过，附着秋风的约定等着冬天的到来，在十几年的沦陷中终于听到熟悉的脚步。倚着寒色看落叶飘飘，这个冬在梅雪盛开的时候有一片花瓣落在青丝之上。举杯浅酌，拨弄风铃时惬意回笑，天涯揽在胸前。

季节背离后，身影掩藏在行走的夜，风扬起的帆填满旅途的孤寂，每一次告别的回望都是风的助力，一丛丛芦苇在故乡浩荡。那时候大年夜的钟声踩着时间的节拍不早不晚，也让因果留给轮回。枯草熬成青碧，满色的春光和那些笑声惊动悬挂的灯笼，流苏浅坠，弦月当空，你北方的孤城被灯火挑染生生应了三月的誓言。从夏秋的对视中回忆过往的情节，星光，蝉鸣和落叶彩排圆满的戏码，用期待讨一生不离不弃，让重逢描画相逢的喜色。

玉泉山下，芦花丛中一抹青衫停驻，在镜头里入画，却忽略额前的秋叶扰眉，青丝依然抚肩，却再无盛夏介入的碧色如玉。一枚枚秋果挂在树梢是彼此的望洋兴叹，只有丝巾系成蝴蝶结抵御南下的寒流。当此时在窗前遥望，江南晚秋北方冬都是画外音，却无端说起四月的丁香零落成告别的花魂。踏着秋叶归来，采摘十月的果实，清瘦和长发让时间都羞愧得容颜淡然从容，时间的入口处有着醒目的标牌，从此走出季节的迷宫。

用一支横笛吹落梅雪，在换季时重拾那年的冬衣。红泥小火炉上落满灰尘，却在燃起的暖意中羞红冰凉的颊，抵过北方夜瑟瑟的冷。

不再远行，眉眼映一弯静谧的月光，一切在时间里决策，唇色画上了枫叶红，追踪山果坠落的弧线。一群倦鸟争食的嬉闹多了一份生机，我们穿越时间的屏障在今夜的炉火前煮酒畅饮，迎接立冬的第一场黎明。

想到离开时霜重夜冷的旅途，此时的心境竟然多了安然。一枚枫叶上贴上寒冷的标签，流转的岁月多了对轮回的蔑视。命运掌握在自己手里，可很多人少了对宿命挑战的勇气，甘愿在生活面前低声下气。那年冬天的冷已经无法证明对宿命的认可，少小离家时的生死离别都已经品尝，狼狈的少年和青春的无知教训过太多的鲁莽，这些经历却赋予对抗命运的勇气。

一壶酒窜动在血脉给季节加温，从此多了暖。或者埋怨得太多是自己不够成熟，可成熟这个字眼儿很残酷。多想和从前一样无心无肺行走在这个世界，怨过恨过都如尘烟。生命如果没有陪伴，参天孤木也不成林。一个人是否孤单取决于在行走的日子里捡拾生活的细碎和发现美好，否则最后只能和时间相对无言。

北方的冬，江南的秋色依旧，在秋的空白处念你，没有辜负的真情就留在旧时的小巷。这条路悲喜交加，却忽然淡了那些无由的关注和询问。岁月峥嵘，当太多的杂念被誓言剔除，黄昏的屋檐下，等你在冬天落座。

第十四章

濯墨，养心

"拿一段滋味养自己，寻一段清欢来养心。"

这条小巷被月光照着，在季节的叠加里如水生凉。缓缓流淌的梦停留江南月夜，而北方的苍黄卷起一地落叶的风吹散望乡的长发，谁在小巷的尽头等待一世安详！

那年走后，时光的手抚摸着你的发，珍重的语言在冷漠中发声。那样的轻容已经失去曾经的表情，甚至比一声诅咒的刺痛还要来得剧烈。

很多年后，相似的话语都淡忘了，用文字养心，随命运流转。一篇篇日记无法改写，却能在翻阅的记忆里扭转曾经的颓废。独自行乐在自己的季节，挽起一双手的怀念后却轻轻放下。你不再是装饰的梦，尽管曾经抛弃所有去面对寒凉，更愿在山水的怀抱中寻找最后的田园。那里有三尺桃花，那里有枫叶如火，一丛菊花一壶酒笑对夕阳时人生的戏码在落幕后已经收尾。

青春是一本书，随意涂抹的代价不堪沉重，谁洗净铅华在岁月的落影中做一个安静的看客，心思在落字时养心，一曲琵琶语忘在浔阳江。不怕三月天变，就怕伤害后的心变！无法穿插的季节远不如在生活的画面里放上一幅插图，那些随意和必然的人性总有得失之忧。那时候有人是书中的画，影印着岁月留下的痕。七月骄阳如火，九月无人授衣，走过的旁客用十月为障将相依的体温在秋天隔绝，茶凉，书凉，一张纸翻过，酒正酣。

倾尽天下又如何？欲望的魔障溅起血砂，季节不动声色，人流你来我往，谁能平息今夜的烽火从此不再心猿意马。折过的柳枝把送别的含义插在江南的岸边，丢弃的旧书中一张照片权作时间的标签。一树桃花谢了，甚至在不久的将来也看不到山前飘零的枫叶，只有冬青树还藏着青草的气息，看一夜薄霜染红含羞的脸。

菊花开了，这个秋的滋味还能供养自己，端详梦中模糊的表情却不知晨醒时心无遣处的空无被秋风打了脸。梦里清欢成了昼夜不觉的发丝拂面，春天的声音离此时太远，无温的身影站在床前，阳光升起的时候黑暗已经遁形。直到后来才知道，春秋交锋后太多的冷暖实在平常，几十年间忽略的表情画上了秋天的符号。七年之痒十年风雨算得了什么？在没有人敢对视的目光里那座庭院里的树缄默不语，甚至冲泡的茶水中一丝笑意都不属于春天，文字里的真言无人窥视。

心底封藏的记忆掠过今天的秋光明媚，合拢的书页也沾了秋的颜色，一朵牵牛花开在竹篱笆，风撕破了季节的入口，转身后再也看不到散落的章节。

不懂的，何须问，墙上的挂钟上紧发条又开始数着时间的沙漏，被霜侵蚀的秋蒙了尘，夏天的脚步早已走远。离开的那一天桂花正香，行装整肃后用酒写下的字渺无踪迹，多年后在目光之外寻觅的秋再也不是那年的味，时间设置的道具成了人们登台的戏说。我把玩文字，你看破红尘，夕阳下的煦色染了不是黄昏的湖面，一束洁白的芦花插在白色琉璃瓶，多少无眠的空夜用残章断句铺陈着曾经的温暖。

醒来惊梦，冷涩的风蹿上了窗台，或者人生有多少失落就有多少沦陷，有人甚至忘记了熟悉的门牌。记得那棵柿子树长了多少年，也用守望的执意来抗衡时间的安排，停电时一只飞蛾扑火，而这个秋，更愿意用烈火焚荒。

在所有的故事里梳理走过的季节，用一壶月光煮酒，古老的传说被安定的微笑掩盖沧桑。岁月的斑斓里挑选编辑秋天的故事，不再让今天成为应景的描摹。

京城内的养心殿已经过去了几百年，时光都皱了眉，故都的秋经历一个个朝代的兴衰。不再想象那一串紫红的手链在入冬后是否有了梅约，只将一枚书签在秋天的暖阳下晒悬。

第十五章

成长，不是一季萧凉

秋天成了一场败局，萧瑟却被阳光烘托，冬风的凌厉绕城而过，长街短巷，青霜散发的冷让红叶汲取了鲜艳的营养。那一年自瀛洲走过的冰湖有快乐折射的笑靥，很多期待的心事轮换在十月，走过的这个季节的你长发遮挡风的侵袭，一枚红叶在目光里着暖。

真的告别了过去，所有的记忆就被回忆翻起，他的好你的苦成为犹豫的抉择，像极了不甘离去的秋天和南下的寒流对抗。同心誓语的和谐被一夜烈风扫荡，尖锐的词语碎裂了春花秋月。一盏纱笼里的烛火和滴血的枫叶对视，挽留不住的秋叶任风凌迟。枫叶捧在手心，一季含血的祈祷在佛前咽下了无奈的心酸。

四季成就人生，很多不快和伤情像冬夏演绎的场景，腕上的珠链用红色的玛瑙串起，聚合离散后的清颜保留最后的微笑。那串玛瑙带着山果的颜色提醒秋的断殇，缠绕手上的一串鲜红在这个冬天的暖阳下阻止了一场萧瑟的荒凉。断桥续接遥望的路，在冬天薄雪的飘洒中连接迷失的旅途。

从灵隐寺到碧云寺，内心的善是菩提的长成，岁月的指磨光了少年的粗糙，时间保留串珠上最初的温度和色泽。走在北方的山林，很多树木像无甲的勇士光秃秃地守卫自己的领地，一只山雀叼落高悬的柿子惊吓了你的脚步。褐色的山坡上一片枫林点燃晚霞，南北之间的冷暖和记忆一起开始交叉。站在一棵生长在断崖的柿子树下，风沿着山峦的走向一次次拂动你的衣角，让人瞬间捕捉到临风独立的傲然。无名草折伏在脚下，落地的柿子露出残缺的内核。和夏天相比，北方的秋还有心甘情愿的牵挂，在后来的风雪中不再行走一座无人的城市，让思念挣扎在季节的旋涡。

走出萧寒，念想和残旧的记忆留在原地，溪水带着各种颜色的叶片在弯曲的水面上打旋。太多的记忆在流淌，这座青葱和花香遍野的山林习惯了萧条之后让冬雪覆盖的明天成为一种简单。

行走在立冬后，积蓄能量斗寒，让残存在春夏的记忆温暖北方这座城。站在山顶俯视，高悬的灯笼红红的院墙还是夏天的熟悉。问天问地，问及以后的日子，却再也不会像多年前那样傻傻追问。张小娴说：爱人之间无须问爱，问得太多，只怕已经不爱了……对视一笑间，言语都是多余，这些年来无论在哪里，总有一颗心陪伴漂泊的身影，这一切，已经足够。

搀扶你离开那片断崖，山里的路越来越崎岖，也体会什么是万籁俱静，扑棱着翅膀的鸟和缤纷的树叶让初冬的山林有了生息。一根白色羽毛飘落下来被伸出的手接住，微笑让眼角更多了些皱纹。那样的天真会不由自主令人升起怜惜，青春被无数个季节数过之后才发现，时间真的是个无情物。少年的梦想总是和现实格格不入，就像用江南的秋和北方的萧条对比。用成熟这个词来嘲笑自己，是不是有很多真情赋予时间的空洞？不是所有的树都能结果，秋霜落过才发现太多的凋零之后只剩下枯瘦的枝。一片片树叶染着不一样的色彩做最后的告别，却听到不远处的你把一枚树叶和羽毛合在掌心的叹息。

无法篡改过去的记忆，就一直向前走吧，很多担忧和杂念变得多余。春花秋叶滋生的感触不再激发青春的豪情，当我们迎接冬天的寒冷，流浪在四季之间的希望喷薄而出。从故乡到异乡，所有的日子被冷暖打点，一丛丛枯草下萌发的春天已经在望。

第五卷
且对斜阳挽素手

第一章

眷　恋

挥别时，不舍的沉重变成了眉间的微笑，那是一种自信的惬意，一种彼此都能读懂的眷恋。

靠近，温暖你，一身的疲惫在坦言中释重。爱以懂得的方式延续，七月的天空下，阳光静朗，痴情如风。

一份爱恋用真情做酿，在时光的流逝中越发甘醇。一盏茶里你的眸波辉映了如水的灵韵，素手擦拭的杯如透明的琉璃，在离别的夕阳中却是记忆中无痕的醒目。那一世沉甸的托付是相许的天荒地老，相遇是爱的奇迹，夙愿在相惜的呵怜中随一地相思落定，语言已是多余，爱，在沉默中潜行。

走过岁月的长河，知道生命的厚重和相伴的快意。夏风旋起时，青丝柔曼地飘舞，年轻的心着满自由的梦想与期待。而我沉湎的足音在往来的跋涉中落满岁月的风尘！追随的心闪亮在相视的眸中，度量一生中可以相携的步履。

学会安静，可按捺的情怀始终如一。夏的烈日，同行的脚步并未舒缓，只是有一些语言的表述从此存封在曼妙的记忆，一如你目光中含情的等待。或者多年以后，这些留存在爱的巢穴中真情的种子会在晚年的搀扶中越发丰盈。目光中充满的眷恋，只为你经年里的笑靥如花。

红尘济济，总有一些烦恼扰乱生活的平静，当青春的羽翼在翱翔的天地中丰满，那一段隔了天涯的岁月中目光多了牵念的期许。在梦想的展现中，春花的簇拥，夏雨的淋漓，枝丫上不倦的葱郁饰点生命历程中季节的无缺。尽管有些委屈的不甘，只为如莲的心蕊添一份素洁，把能避的贪欲默默驱离。

约了归期，归来的喜庆便是流光中沉念的无语，虽无青春时的温婉与热烈，而执着的心终会如一段沉香木，在你往返的途中做舟做廊。千年回廊依然弥散不绝的暗香，在每个夏日成为驱蚊虫的灵药，相思的话语萦绕在有月的夜晚，一起听梦里荷塘。

尘身不离，一树冬梅便是暖巢下散发的芳香，家，阻挡四季中的烈日与雪寒。一朵梅花屹立在生命的枝头上，傲雪凌霜。不在意念与不念，只把痴狂写进传奇中的一章。或者，我会如那日的东岳之巅，在狭窄的山道上倚着孤峰仰天长啸，在天地之间做永恒的瞭望。那时，你还是我山的色彩，用回眸的含羞，照我不悔的沧桑。

不怕你会离去，生命里融合的坚定已然留在坎坷的征途。只是相

第五卷　且对斜阳挽素手

守的日月中一些分离的彷徨欺了时间的漫长。风雨后，爱怨交缠的叹息在温暖的同怜中更添芬芳。谢谢你，这一生中相遇的最好，用彼岸的酴醾把爱的颜色涂满醒目的执意，在你我的家园支撑今生的豪情，洁白的雪花铺在回家的路上。焦灼的思念藏在岁月的山峦，哪怕在岁月的风化中了无痕迹，或者多年过后你还会记得我今天的模样，在行色匆匆的四季中重新聚拢最初的美好。无离无弃，无嗔无怨，一份爱，在轻尘中有形可依。

再沉的思念，也有释放的空间，再累的尘心，也无法放下眷恋的依依。爱无忧，恋也无殇，只是那棵沧桑的梅树上刻满爱的年轮。共筑的暖巢有细枝末叶的累积，咯血的念染红冬天每一朵花苞，在世事轮回中留下春天的呼唤！

第二章

梅雨季节

又是梅雨季节，真的希望不为季节的潮湿而沉重，脸上露着笑容，心底藏着幸福。

夏天刚到的时候，脱下身上的春衣却因为一场雨略感轻寒。那时在江南奔忙的日子，有家的支撑，没有涩重心情的纷扰，忙碌在一个繁华的世界，孤独，也快乐着。

喜欢食堂的夏阿姨清厚的嗓音，她总是在入夏后便显得忙碌起来。在沟渠湖泊边采很多的苇叶，早早地把端午的气氛带给每一个人。炎热的天气每天煮一大桶绿豆汤，用推车小心地送到办公楼上。

因为工作的缘故，多数时间匆忙行走在各个城市，喜欢暑天的一场场雨在盛夏里驱了闷热。人在途中，在车里看着雨线清洗着车窗，迷蒙的天色，心事垂落成雨。

那次在桐乡已是四月，归来的途中有你的相送，同为异乡客，一种心灵上的亲近让我们的友情升温。你喜饮红酒，总在接洽业务的相逢里多了开心的笑，那时候我已经告知你决定辞职的消息，或者，若干年后也无法在江南相聚，那一天，你脸色多了沉重。

"我相信你会回来的。"浅浅的伤感中，端起一杯葡萄酒，可我们都不知道这样的场面何时在这里重复。那一天，更多的语言被镌刻成心底的景象，为这份远近的相识里相遇，少了更多的孤单。

会回来吗？我一直地苦笑，虽然很多人挽留的话语添加更多的祝福，而能读懂的还是无语的沉默。那一天，在推杯换盏时我们都已微醺。忘不了那个春天，渐暖的风中已经有了夏的味道，也明知就在江南进入梅雨的季节很快就要告别你的城市。可这个与北方完全不同的气候，记忆中留下的还是你举杯的豪爽。醉倒在告别不舍中，很多离愁就那样地一起藏在了心中。

入梅后，次次地在你的城市往返，短袖轻装，迎接夏天的到来。食堂阿姨吴侬软语的声音还在上楼的时候响起，小推车的吱呀声似乎成了她忙碌时最好的伴。那时候我常常地在二楼的窗口注视，看她和煦的脸上始终有一片无法遮挡的阳光。然而我的生命中却始终有注定的孤单。来也一人，去也一人！却做不到曹雪芹所说的："赤条条来去无牵挂。"但是细想起来，生命的过程一切早已经注定，我们生下来到生命终止时，都会有一种结局再现，空空地来，空空地去，什么也不是我们的。

记得端午前和你通话又说起了将来的打算，嘲笑着离开后平凡的生活，只是不甘就这样放弃一直喜欢做的事情。你笑着说："父母在，不远游，这可是孔子的教诲呢。"只是你不知道心中的一些习惯已经根深蒂固，行走的艰难也晴雨无忌。离开和相聚之间有一份真情浅罩，一份快乐在昼夜里伴行。

同在西湖的时候，曲院风荷外惬意地散步，也在西溪边的茶楼里听丝竹入耳。檀色的茶海精致的青花茶具，一份雅致的心情可以忘了繁华和喧嚣。断桥已无雪，只有夏日的云融在一片水色里飘逸。雷峰塔前，世世承载的传说中，是不是有一种相遇便代代相传？

明白了很多，心情便和阳光一样地欢快，灵隐寺前合掌祈言，心境因轻松而柔软。木鱼声声，香雾缭绕，你我相视一笑，才明白缘聚缘见终是前世的因果。走在山道上，夏花灿烂而热烈，而寺墙上绿意迫人的爬墙虎带着季节的浓郁展放着未了的心痕。离愁淡了，而半生的江南却因为这份真挚，就此完整。

就在那有你的江南里停留，除了纷繁的日月中匆匆行走的步履外，多少个纷沓而来的梅雨季节竟从未像那日般在意过。蒙蒙烟雨中，一个不紧不慢的夏日从此留在回眸，印刻在同行的岁月。

如今，我的夏日已经在北方，而入夏后的燥热也因季节的无雨更加炽烈。树叶软塌塌地挂在枝头，竟如我一些怀念的黯淡，如孤单的岁月一样松软无力。只是在这样炎热的天气里，独行的身影亦如孤单的蝶。无惧生活中炎凉的可怖，只因为我的江南已经有一场梅雨的降临，清爽的幽凉沁我渐苍的颜，有你，泽润一生的温婉。

第三章

天空之城

指尖堆积的梦在灯光的熄灭后更加扰人，一个人静坐在无灯的夜晚把所有的思想裹在暮色里信马由缰。没有距离，没有缝隙，一份自由在天空之城里遨游，一支烟可以在吞吐之间积攒最真的清晰，把灵魂一次次埋在无人可窥的去处，悄悄梳理过往的曾经。

记得小时候，学校的院子中有一棵高大的杏树正好就在我们住的围墙边，不知道多少年了，遒劲的枝干遮满了院子，一到夏天，金黄的果实在枝丫间密布，站在凳子上，便会在收麦的季节摘下很多金黄色的杏子。外婆说，这是麦黄杏，农忙的时候，也是它成熟的季节。

而我尤喜春天，坐在小小的马扎上看泛青的枝条上那些花骨朵，一场雨后，鲜艳的欲滴透着说不出的喜欢。那时并不懂杏花春雨的含义，只是知道一场雨后含苞欲放的杏花开了，脱下厚重的棉衣，放下了一个季节的沉重。

守望一种快乐，季节便在暖风的摇曳中稳步地向前，花谢了，一枚枚青果便代替了满目的绚烂。有月亮的晚上，听着外婆说着聊斋里的故事，树叶儿在风中沙沙地响着，在夏夜中驱散儿时的孤独。

与其说我喜欢杏子的酸甜，其实倒不如我更喜欢那些灰褐色的杏核，每次吃完后都会把一个个杏核洗净，放在一个粗口的玻璃瓶里。日子久了便聚了很多，最大的快乐便是和其他老师家的孩子去弹杏核，犹如后来的孩子弹玻璃球一样地开心。

和我年龄相近的几个老师家的子女只有两三户住在学校，小虎和小青是我儿时快乐的玩伴。放学后空旷的校园除了他们，陪伴我的只有那些晦涩的诗词和这些简单的快乐。而更多的是外婆不许我和小虎玩，顽劣的他总是在弹不过我的时候要赖，有时竟会抢输掉的杏核，弄得大家泪汪汪的很不愉快。而小青则憨厚乖巧得多，一对羊角小辫，一笑的时候刚掉的牙齿便露出一个空洞，那些快乐的时光至今想来有怀念，更有怅然。很多年以后，我只知道她若众生一般结婚生子，做了一个普通的人妇，一生倒也无宕……

泡上熟悉得不能再熟悉的茶叶，眼前浮现的是江南温馨的景象。我只是没有想过二十多年后，又一次在这个服役四年的地方生根，用十年风雨慢慢走近今生最后的夕阳。

想起马山，在辞职前一个人又去了一次，仰视着高大的佛像，眼角中看着天外的浮云思绪万千。那是秋天，没有离开的怯意，只有不舍的惋惜。送别酒宴上无法忍泪的唏嘘在浓烈的入喉里一阵阵烧疼火辣辣的心。原来，我早已把生命融进那块土地，那山，那水，那里的一切。命运的转身让我回到原点，去给年迈的父母尽孝，我不知道该嘲笑什么，直到回到故乡后，一切都随之改变。

那个春天，一切都是缘分的天定，只是那时的你已经没有了青春的娇娆。在灵山脚下看六角井，观七级浮雕，独自地去抱了佛脚。安静地站在佛光能照及的地方，看大佛的慈眉善目，静念无声。

告别的秋天，灵山大佛依然阖目，只是再也不能常在佛的身前做虔诚的膜拜。一天秋雨中最后一次仰望这梦里的清凉法地，佛像依旧，把一个背影留给江南四季分明的山野。

无须见证什么，只是我还会喜欢这世间值得留恋的去处。曾经渴望去西藏，而一次次跋涉的旅途终究未能成行。江南的景色，北国的粗犷都留在记忆深处，少时的纯真和年轻生命里承受的不能承受之重，会在那一天得以解脱！

雪域，天堂，曾经向往的地方会在转经声里抵达。而最后一瞥中，红叶在山野中醒目，那是心底流过的殷红，与生命一起尘起尘落。

坐在寂静的小屋，细细翻看属于过往的日记，眼前幻化的是经堂中佛号声声和香雾缭绕的明暗。躁动的心清修在攀越的步履中，耳边回响无扰的足音与夏花秋叶一起欢笑。我知道某一天，一生的欢喜都会融在寂静的雪色，从而迈向通往佛前的捷径。

终是要告别了，甚至没有来得及在冬天去看青瓦上浅浅的霜白。或许在灵魂欲飞的遥念中，雪域江南铺天盖地的冬季湮灭我行走的痕迹，亦包括命运中无奈的叹息。

抿了一口茶，烟雾深深地吸进了肺里。有些思念如烟，总在胸腔里不散。而尘身的微小，难敌世态的炎凉……重重地呼出积聚在心底的沉重，恍惚中，那一片雪峰似小灵山罕见的积雪，外婆在触手难及的远离间，渐行渐远……

从西宁回来后的第一站便是法门寺，一直想把南方的寺庙和北方的殿堂做比较，下飞机后就加入一个旅行团。故都咸阳，三千年的秦韵在渭河上重现，秦中一渡，丝绸路上胡笳声声。想起江南一别，真的是西出阳关无故人，谁的一唱三叹神楚楚，凄美了渭城朝雨！

那个季节，大雁塔外一朵雨中的杏花在红色寺墙外的烟雨中含苞欲开，踏尘而来的脚步竟幻想着未央宫外走来盛唐的羽衣。或者，在咸阳古渡上乘一叶心舟顺着缘分的河流执手灞桥烟柳，那个奢念，从此铭记在四月的雨季。

终究是一个人走着，雨在佛塔前稠密斜织，湿了心情。千年的钟声敲响了惋惜的叹怜。既然前世不相见，为何在三生七世的轮回中，苦渡忘川。

这一场旅行是难以解开的结在千年的青丝上绾成，你依旧是我佛前的莲在江南的荷塘上盛开。塔上的角铃无风自鸣，在渭河岸别后直奔阳关。那个四月有我转身后的缄默无殇，不去揣测未来的路是否平坦。等你用青丝弹响熟悉的《阳关》。

在雨中瞭望，等你去遥远的地方看山高水长，计算着这一段路途的漫长，艰苦岁月我们今生最重的东西被时间亏欠过，只怕到最后是

"京华庸蜀三千里，告别江南见夕阳"！

一直不明白用怎样的从容缭乱等待的憔悴，时间冲不淡日月中静好相待，只有用浅淡的墨色渲染久别的情怀。在宿命的微笑中沉淀日月，把夏日的柔媚灿烂在天空之城。誓言已经不需描摹，用诗意的语言玲珑你水一样的风骨。

一世不倦的手最终写下入尘的理由，旧日的羽衣旋舞成蝶，千年后，你还是那永远的盛唐，不老的未央。在走过的高原上，一个落雨纷飞的春光下拥抱最初的虔诚。

第四章

且对斜阳挽素手

那年的秋天秋水笼了烟光，那年的冬季百川凝噎冷泉，一个萧条的景象在万里之外有了凄寒的蛰伏。行走的足迹停滞在独自的梦里，江南水色依旧空蒙。

这个三月，脚步在旅途中轻盈，一场雨后香樟染翠。细观，花圃里红玉兰的苞蕾悄悄地挂在浅灰色的枝干，欣喜处，运河边的柳柔曼了青郁的婀娜。

长长地舒了口气，心情陡然地明朗起来，又是旅行的季节，一个冬季的等待和沉闷压抑太多太久。翻阅去年今日的游记，那时候我还在塞外的承德，在避暑山庄外聆听大清王朝遗留下的马背摇铃。

定好行期择日便成行，虽然去过很多地方，这一程远方有了心的坐标。目光露出的欢喜昭示一种胸有成竹，咸阳塬上三千年古都，一阵历史的风扑面而来。

攀越黄山，走过西递，宏村、天都峰上揽流星，朱熹院前数春秋。皖南，江南，她在我们心中不是一个简单的地理概念，而是一方山水和心的相容。无数描述过的镜像留在旅途的日记、描述的眼羡中，你辇了失落的眉动。

北上的那一天来到彭城的燕子楼，支起三脚架在关盼盼石像前留影。知春岛上寻觅白居易饮酒赋歌的倾醉，婉约的辞章在岁月中起伏不定。燕子楼空，佳人今何在，旋舞的柳梢惊飞楼中燕。

"燕了楼中霜月夜，秋来只为一人长"，千年前白居易的唏嘘在汉白玉的石碑上铺满了岁月的风霜，云龙湖边，夭夭桃灼衬了明媚。此时的景象，可是长安城外桃花的艳和霸陵柳色的清新。

在洛阳下车的清晨，没有顾及旅途的疲惫就直奔龙门石窟，习惯夜间坐车就是为了能在每一个路过的城市浏览向往的景致。曾经几次路过这几千年沧桑的城市，却无缘得见龙门石窟的雄厚与壮美。买好夜间的车票后迅速地跳上旅游的巴士，向位于城南的伊阙峡谷赶去，那里有我经年的向往。

下了车，灰褐色的山包就在前面不远处，两个半圆形城门上方陈毅提的"龙门"两个字真的有龙飞凤舞之感。美丽的导游操着北方味的普通话透着甜美，温婉地解说这几千年的沧桑与巨变。随着缓行的人流静静观摩这人类宝贵的文化遗产，厚重的历史随思绪在飘忽中沉淀……

到了咸阳，迎接我的是三月细雨，陌生的城市略带的羞怯被一把雨伞尽情遮掩，重逢更有惊喜，端视晨曦中的景色，厚重，也不失繁华。

坐上旅游大巴在一段历史中里穿行，漂亮的导游唇间微扬的笑意让我淡去初到的忐忑。眼角看着她溢满的笑容，忽然地幻想着千年前柴扉围栏，素衣布裙的身影又化作今日谁的净颜粉面。

大唐不夜城，西北夜晚风依旧料峭，浸了春衫，扯了灯火的摇曳，目光与这段历史接暖的时候还是乱了眉间的心事。听着导游细细地介绍每一段历史，多年的心愿在跨越一段历史后成真。那些流逝的日月承载无数的缘散缘见，在相对的年华里我们默默走过这个春天。

人生总是需要太多的勇气去接受命运的改变，从芙蓉园到大明宫，长恨歌留在泛黄的词卷，霓裳羽衣陪今生闪亮地临场。今生注定要在旅途上迁徙，挽着相守的信念圆满今生的幸福。

一夜的雨在黎明后就被晴朗的天空替代，季风把江南潮湿的气息带来苍涸的长安。千年的旧址早无盛唐的繁华，金戈铁马的血雨腥风在时间的流动中渐渐远去。盛世风流的迤逦，一曲霓裳尽余欢，舒展的身姿舞起快乐的相随。驻足，熟视，恬淡的微笑净了红尘的浊念，聆听你的声音，明净的眸还是如初的澄澈。

咸阳古道，残阳如血，一片遗址是大唐王朝破落的碎片，大明宫，不仅是一段历史的见证，它因你的存在盛开在今生的记忆。挽素手，看西天夕阳如火，千年的忧伤和美丽交错折叠，携你走过这无距的风景。

第五章

落花如雪

　　帘卷落花如雪，烟月。谁在小红亭。玉钗敲竹乍闻声，风影略
分明。

——纳兰·荷叶杯

　　谁的季节与你有关，谁的眸光与春风有染。踏进三月，风忽冷忽
热，北上的寒流一夜席卷了江南。已经吐翠的柳枝在虐风里颤抖地摇
曳，一场三月的雪，尽染桃红。

　　这是桃红雪，走在那雪野，吱呀的声音从脚心传来。迷茫的是，
无雪的冬天空气干燥而冷涩，风卷帘而百川枯苍。或者几千年前，吴
地一场雪也曾覆盖了桃花娇艳的媚，一介书生在水乡泽国吟哦一场雪
的诗章。

　　走过冬天，欢欣着素雅的雪光临，桃花枝头的鲜艳和白色的雪对

比喜了无数眼帘，一株株桃花树白的晶莹，红的夺目。随着争相出行的人一起去郊外看桃花雪，在这样的天空下感受一季的差别。雪里桃花衬白雪皑皑，太多惊悦的笑意挂在游人的眉间。

雪霁，天空的蓝有点耀眼，暖阳高照的时候，向阳的坡上的雪开始消融，枝丫上滴落的水珠洗净了含苞的蓓蕾。阳光静朗，春的气息更加凸显，相机里小心拍摄聚焦里动容的一刻。我知道这短暂的惊喜多年难得一见，三月的春风陪着姹紫嫣红，走过晴色下一个明丽的路程。

无惧雪的浸扰，春季里有雪的光临吸引了众人的欢喜。阳光洒满每一个能及的地方，百花的绚烂象征了轮回里无法抗拒的不变。

过了十点，雪融得更快了，走在小巷中，滴答的檐下很快又湿了青石板铺就的地面。走在无雨的巷中，却要撑起纸伞躲着屋檐下滴落的雪水。想象着戴望舒笔下那个丁香一样的姑娘，忽生奇想：哪一把伞下会有你的笑靥呢？房顶的背阴处依旧有雪覆盖，却说不出这雪中的心情。这场雪添了春的兴致，也更添一份花的明艳。那些争先恐后冒出的嫩芽无视着雪的寒侵，把春天的希望在料峭中萌发。

此时，好想和你共撑一把伞并肩把春天仰望，你的容颜染了春天的清新，乌黑的发自然地披在肩上。偶尔回首的嬉笑，宝石般的眸子在蓝天下闪烁，那样的场景依然有孩子般的顽皮。多年的千山万水之外总感觉你就在身边，就在心里。只因为那时我的雨巷，有你许下的诺言。

心念恍惚，感觉到你柔软的手在紧紧地牵缠里传递幸福的幻想。

雪融得更快了，青砖黛瓦的墙上，爬山虎纤弱的枝条上被雪水冲淋过的叶片新鲜欲滴。而焦灼的思念也随瓦缝的溪流冲刷陈年的记忆，莫名地滴落在三月的小巷。

索性停在有门楼的静处，把心情和伞一起折叠，细细地回味那些相聚的时刻，熟悉的感觉还是如那年我们一起在这小巷里来来回回的场面。有雨的日子，你总会在临街的阁楼窗台上探出身子看我回家的身影缓缓步入那条巷口。而自离开江南小镇后，雨中的巧笑换作颜间的清瘦，缤纷的心事随春季的尾声一起跌落在夏天的等待中。

融化的雪溅起的水化湿了思念，共度的时光是离别时拥抱的疼痛。很多意象难以忽略的不计，挥别的手为何在雨中不时拢起额前的发，用坚强把发梢上的雨珠随一串离愁抛向阴霾的天空。或许，你的长发里浸透了我看不见的泪花，而那铭心的过往只能在每一次相聚中作为记忆的开场白，和一壶酒品尝所有的分离。

那时在南浔，这个跨省的小镇一步是湖州，一步便是吴江。最初的相识只是偶然也是宿命的必然，那天上班因为没有带伞，突如其来的雨让我无意中躲进你的家门，巧合的是雨停之后同行中的闲聊，才知道你就在我单位的隔壁缫丝厂上班。

初遇时对视一笑被写进灯下的心事，点点字痕，透露出一个春的萌动，淅沥的雨从此把后来的季节淹没在一份春情。

离开湖州后，雨季不再来，小巷里的笑脸只是一份记忆。是谁把苍天的泪挥洒成伤别的雨，在唇角寂寥的微笑里盈满了无奈的分离？季节流转，又是一年春天来临，再回湖州，脚下的路已经在曲折里蜿蜓。人海中一把紫红色的伞鲜艳得像雨中的玫瑰，肩头飘柔的长发比那年分别时更柔更顺，对视的凝望里来不及提及重逢的喜悦，只是鼻翼的闪忽牵了眉睫上一滴晶莹。丢弃手中的伞，一行摇摇欲坠的怨随你扑怀的委屈沾衣欲湿。

泪，放大了一个春天的思念，挂在眉间的泪是一个季节的蕴藏，却透着重逢的欢喜。多年后我们再谈起这段离别慌张时都在问：既然习惯了分离，为何要在意一季的缠绵苦短。

第六章

乌镇，梦里的船

你说，清明之后想去乌镇看看，出行的前几天不停地在询问关于乌镇的点点滴滴，一把雨伞，一座小桥早已描摹成梦里的模样，江南，是你寻梦的净土。

四月终于成行，在车窗里一路细细地体会江南的风景和柔媚的水色，快乐溢在淡淡的眉梢。这里有你仰慕的近代文学家矛盾以及三千年的吴地文化，丽水天光下，从"清明踏青"到"元宵走桥"，走在那样的天空下一种什么样的喜欢。红色的灯笼挂在古老的门庭，明清的建筑在烟雨中铺展一片墨染的古色古香。蜿蜒的河道上乌篷船在柔波里轻轻地飘荡，美丽的船娘说着吴侬软语，举手投足间都透着水乡特有的灵韵。

造化钟神秀，这话一点都不假，用目不暇接来形容那时的你恰如其分。大自然赋予的山水是对人类最大的恩赐，而乌镇更是江南一张靓丽的名片。六千年的历史写满无数朝代变叠的沧桑，经历无数的战火和动乱也难改今天的秀丽妩媚。而关中也有小镇同名，虽叫乌镇，却是散落在黄土高原上历史的沧桑。

踏上乌镇每一个景点，你便在惊喜中感受我最早的细描。电话里描绘的景观把这个江南小镇无数次留在雨季的浸淫里，江南，岂是一个水媚可释。众里寻他千百度，古镇之梦，开始在相约的同行里尽揽无遗。乌梅酒，粉墙黛瓦，堂前燕，掠柳惊风，一个婉约轻灵的身影穿行在大街小巷，入目的皆是红尘中贪奢的诱惑。

在一个临水的私人旅店住下，美丽的风景让人忘了旅途的疲惫。和你说起过词卷里江南的纤美，看了水阁，方知"人家尽枕河"的由来。橹声欸乃，车溪穿城，逢缘桥上，更知相逢即是缘，水波倒影的桥孔从此合成一个椭圆的梦。绵雨霏霏的青石小巷，一把伞下你也没有丁香般的缠愁，万种风情融在水一样的江南。坐在河边的石头砌成的台阶看浣衣的女子和一群戏水的孩童，晨雾缭绕的河边，温情自在眼中迷茫。

江南人好茶，我们在一个茶楼里落座，一壶香茗，听一段评弹，尽情消遣一个下午。静谧的时光里穿越一个历史的完整，不由让世人在喧嚣的氛围中静心，出尘。

畅游在乌镇，相机截取的一幅幅画面构成了一个美丽的世界，定格的画面留下今生不老的传奇，温润的镜像泽润了心田。夜幕降临的时候看婆娑的灯影，临水的夜靠肩站在窗前，听船楫划响一片水声慢慢地搅动梦的涟漪。小镇的内涵是人生一种境界的求索，也是灵魂的归地。真的想远离红尘的喧嚣，默默相守属于凡尘之外的地老天荒。

几千年过去了，幻想和现实重叠了梦的跋涉，短暂的回忆中我竟想起了西域的胡杨。三千年不死，三千年不倒，三千年不腐的魂灵在历史的交替中和眼前漂流在岁月长河上的小镇有多少惊人的相似？几千年的人文景观沉淀在江南的土地上，一天烟雨润物也无声。小桥流水，词韵里的古朴和你的秀美合成了一个美丽的景致，在这纷扰的红尘中从容，也惬意。

或许，你是我古朴门板上并肩的铜环，随变换的掌叩响心灵的回响。

你是阡陌上采桑的女子，颜间洒满阳光的霞烂。

你是小桥上俏丽的眉弯，紫色的旗袍裹住三千年典雅的容装。

或者，你还是我烟雨中一把灵巧的油纸伞，遮挡人间的风雨，撑起心仪的浪漫。

忘却岁月的沧桑，美丽的江南一次畅游后让离殇不再。未知的旅途依旧演绎一世相知的相想。目光着满无尽的温存，与千年的梦里重温一个相牵的执手。延续今生的醉意，用笑靥踩碎悲情的过往，光影流年从此有你心醉的执手，在分别的日子里恋恋地守望。

这样的风景适合缠绵，更有离世的隐念。一蓑烟雨任平生，时光倒转，与你一起沉湎在江南水色天光的回忆中。走在淡淡的夜色中的惬意让心也有了慵懒，人在景中，景在心中入画，一抹不舍的心动在远近之间丰盈了相思的色调。就那样安静地站在街灯下，在不醒的梦里，与你一起沉睡千年。

夜色更深了，依旧凝望着窗外墨色的低垂，喃喃低语。眸中的潮湿，是感动，还是心底留恋的切切？我们不属于这片土地，只想把一份幸福的约定和思念的根，在这里深深地扎下……

第七章

雪域江南远

一直坚信火车的软卧比飞机惬意，最重要的是可以在有节奏的声音里慢慢感受思绪的起伏，一个旅行的过程，更能体会行色的转折。

从南到北，零碎地记下走过的痕迹，思绪随车轮翻滚，沿途的点滴竟无法成文。天涯的相望是心扰的牵绊吗？把流年里的记忆空置在冷漠的文档。

从陇海线西行，这是多年前的旧路，而那个时候对一座城的相望只是去新疆路过时匆匆一瞥后留下的遗憾。一直畏惧边城的寒冷，多年之后在春来秋澜的天空下，于一个雄鸡翘首的版图上一次次行走。

感谢今生的遇见，那座城的柔软之地逐渐臆想成江南的水色。边城不再是一个简单的地理概念，而你却是擦肩的相逢。我生君未生，君生我未老，遥远的西域不再是一个枯苍的荒凉。用心情渲染一片宁静，遥及的思念泽润苍茫的情结，目光落定的是前世悬而未绝的相约。

你是我雪域的城堡，魂牵梦绕的那端有经年膜拜的神往。雪域江南，青丝如瀑的初颜在尘世里并肩，相迎的含笑如三月的桃灼，更有玉兰的展靥。在一个季节同行，快意驱了梦的苦寒，思念突破冬的重围，哪怕君在雪域，我也把一个季节的暖意送抵心间。

三月杏花，何日悄然绽放，四月梨花早已遍及天涯。雨蒙蒙，这片干涸的土地有了春天的葳蕤。午夜的梦不用想象也知道你一定是我的柔眉顺眼。不在意边城的风几度回暖，只把草色遥望的镜像固执留在万里阳关外，随春意在眉尖无声蔓延。

边城的雾也笼纱，谁说水湄的蒹葭只是江南春天的遥望。青丝垂落，一个音符如布达拉宫外佛音的唱响。相随的身影流连在雪山下的草原，你用莲的清婉把塞外的景色换作江南的水乡。

遥远的雪山是围春的栏，含笑的眸子才是风的护暖，谁说女子只如茶？一种心境不再是梦想的扩张。沉默的雪山静卧了亿万年，谁能看懂你无语的默默。如水的风骨应对一季朔风冰雪的浸寒，踏破红尘，这一季有意想不到的心逢。

走过四月，同行的快乐描摹了完好的如初，雪域风情激发对那片神奇土地执着地向往。用灞桥的柳舞动离别的袖，在孔雀河边执手同游。指间传递不变的真言，眉目清晰了无扰的沉稳。聆听转经筒的声音，我在风中淡看了离殇，更有晨雾里青丝垂顺的恬静。细端详，脸上被季风添了媚色，执往的足印在天空静朗的布达拉广场前笑立无怯。

折叠过往的记忆，远方的相望是前世错落的无缘。而那时，我依旧沉湎于阳关下一支箫音的缠愁，端视秦楼月下心事如钩的眷恋。真情搁在枕边，梦里梦外，轻烟围绕黑夜里的暗红点点，而君在雪域，江南人亦远。

风渐渐地暖了，六月阳光下碧绿的草原上各种野花开始绽放，漫步在雪山下，咫尺距离再无梦里触手难及的遗憾。你还是桃花笺上梦里的轻红，少年情怀终犹在，青春的脚步跟随心的翩跹在广阔的草原上驰骋，一匹枣红色的马背上驰骋，记忆从此在阳光下鲜活光洁。

就这样站在西风偶袭的塞外边陲，八千里河山曾经心息的神往在今天如愿。昨日的阴霾会带来一个雨季的泽润，你的脚步悄悄地点响一个春的丰盈。远古的风舞了旖旎的风情，辽阔的草原因为夏天的到来亦有百花的鲜艳。

青海湖的天空格尔木的云不再是镜头里流动的影像，把膜拜的虔诚随足音叩拜在雪域高原。刚到格尔木时你缺氧的颜若灼红的桃艳，而身旁从此有随行的相伴，湛蓝的天空下眸光澄澈，一段曲折的旅程因你的执着变通途。

那一日，这片雪山湖无波自静，只为这相行里不舍的缱绻。

那一月，我走过千山万水，不为览胜，只为挽起你温柔的相携。

这一世，我翻遍所有的词阙，不为吊唁逝去的繁华，只为今生能与你在红尘并肩。

这一年我把信念留在天边，布达拉的佛光是心中不灭的霞灿。你不再是离开后怅然的相望，拉萨，一切都在梦里，在我们心神遥及的念处有影随行。未来的日月用目光融合一个天长地久的愿。

高山湖下，雪域的壮丽把一种致远的安宁雕塑成不塌的神殿。冰冷的雪水洗尽浑浊的瞳孔，你用神女的无羔，把相见的缘从此相牵。

走近你，去你的怀里，目光在摇动的经筒上流转。五百年的诉求成就的眷恋在经诵的阖目中长跪不起，祈愿今生相容的相惜。

布达拉的广场上，长发绾起的妩媚还是我年少的思慕，雪山，高原，重叠多年前梦里的影像终于成真。夏日的风明媚了水色的轻盈。酥油灯下一枚泛黄的书签，重新添写不老的尘缘！

第八章

红尘：笑，不许离殇

冬梅秋菊，唯念春好。

其实，和你相遇只是一个必然的回眸，那时候，青春的色彩已经渐渐消退，岁月的沧桑也在额头浮起了浅浅的皱纹。从未想过在经历过生活的洗礼和磨砺后这颗早已被禁锢的心为何在你的温情里慢慢地复苏。一路走来，忐忑的惊喜被素手握紧，真诚的语言给了相识后无声的坚定。

一念无尘，心门就那样为你打开，年少的愿望重新描写渴望的曾经。过往的忧伤如云烟散尽，抛却旧日的羁绊，所有的后来，只为你多年默默付出的艰辛！

走过凄风苦雨的岁月，牵着你的手一路走来，却不怕离别的伤重复尘封的痛。很多分别的日子在你的梦里落脚，目光缩短南北的距离。原来，生命的色彩依然明透，忘掉昨天的苦难，一个空白的扉页描摹春天的锦绣。

岁月峥嵘，相携的手温暖岁月的寒凉，每一次重逢后羞颜未改，你的一切被岁月添加了成熟的标签。青春的笑容画上沧桑的年轮，两颗心在走近时打造你我的天荒地老。也许，这样的依靠不再是空而无力地遥望，毕竟在人生路上，两个人一起搀扶走下去，未来的路会变得更平坦。

年少的青涩沾满梦幻的光影，浮生，难得有一份心灵静守的契合。依恋书写的家书搁置在离别的枕边，无论是在哪里，两颗心在远隔的千山有心灵的回应。

陪着你，今生不再相望江湖，目光在遥视中度过了红尘的冷暖。一些心声和倾诉诠释了内心相近的贴柔，爱的声息是心海无潮的起伏。天南地北地孤守时心念无染，一种遥望温暖了窃窃的等待。每一次告别时温和的叮咛掩了分离的伤感，可目光里的懂得，便胜过朝夕相伴。

守护在你的红尘之外感叹命运如此的安排和生活的维艰。行走在南北之间，岁月见证过我们青春的散场。冬去春来，难得的旅途中等待的温情在你的眼波里横渡阑珊，琴瑟相和的弦音滑落一个六音的起伏，春的暖阳下，你的少年随百花的长成，展了樱花般的欢颜。

千里传音，不舍的眷恋诉说着团圆之念，年少不识愁滋味时强赋的词在静守的午夜翻阅成苦笑的自嘲。爱情在南你在北，紧锁的眉皱在远视的那端记取欢聚的印痕，如今识尽愁滋味，万般的缘由藏在午夜的灯光下呢喃。容颜不变和执念唯心可见，千词万句承载古老的誓言，离别后孤零的叹息，留在指尖散……

告别时，没有说再见，隐藏的心事落在尺素之上。霸陵伤别那些词其实和我们无关，相逢的美好从今后在生活里铺展，阳关三叠的琴音把相伴的不弃在微笑中收藏。

漫长的等待让思念灼了心，瘦了曾经丰盈的脸，电话中的故作镇定经不起泪光的飞弹。春雨绵密时，半月高悬冷了青衫。午夜枕端触及的空随惊魂坐起，千里之外我依稀听见辗转的反侧无眠。

春的脚步渐渐离去，也忆起那天离家时午餐时沉闷的压抑：彼此都低着头，桌面上的菜无人拨动。当孩子天真地问为什么你们都不吃饭，无语的对视中你陡然地离席，脚步凌乱地走进厨房，长发掩盖眼角悬挂的泪滴，不舍的悲苦在转身后昭然若揭，而两岁的孩子茫然地看着眼前的一切却什么都不知。

樱花开时，春寒早已消退，梨花白了，一个季节就分成两处天涯。你在北方独赏故园落樱如雨，我在江南看梨花朝发夕落。心与绿意相缠，从此以后，你便是夏季盛景里次次的回望。

太湖之滨，送别的柳依了委婉之姿，再次送你离开江南地，不再有多年前不舍的悲戚。戏谑地说今生你是我不变的江南，二十四桥明月夜，一支箫声的婉转，吹奏一个人的关山月。

月缺月圆，思念的憔悴袒露了伪装的真言，如果不是爱，是否就可以把蚀骨的痛消减。渴望一场重逢的迫切，一生的足音从此漂泊在故乡的梦里，天涯的羁绊沦陷在如水的柔情！

无法劝慰，无法安适，感谢一生的相携，目光铺满遥望的念处，思念在今夜的灯光下肆意地纵容。光影中，春花染了流年，秋月圆了等待，桂子飘香时，你轻灵的身姿随紫色的裙袂在最后一个秋天到来后舞起斑斓的欢悦！

第九章

我的天空你的城

　　那个清晨，接站的人群中走近羞涩的你，一把伞遮住了春天斜织的雨。明媚的靥跳入了眼帘，久已熟悉的声音在耳边轻轻响起温软的问候：回来啦……

　　沿着这条古老的丝绸路西行，走过三门峡，看过龙门石窟的苍驳，也在拂晓前聆听白马寺的钟鸣。一段沧桑古韵在梦里缭绕经年，进入潼关后，这片土地的厚重和历史的辉煌在车窗外掠过的刹那，目光因你而留住。

　　秋冬过后，天涯的相望嵌入思念的饱满，时光如遥，熟悉的气息还是梦里的魂牵。一个人，一座城的留恋构筑成一个完整的世界。想象着日出日落时的相牵相挽，时光里跌宕的足印依旧坚定。三月，欢聚的笑靥瞬间挑了眉尖上的喜色，唇无染而明艳，羞怯，酡了如雪的颜。

一把伞撑起了梦幻的天空，江南的婉约已是君临的再现。我从南方走来，一身疲惫等你用家的温暖抚慰。长发触肩，还是旧时模样，我知道今生的情结早在你发间绾起千年的不变，三月的风，亦及早为你穿上春的嫁裳。

那日，秦岭的雪浸了郊游的春衫，柔弱的肩在风雪中临风微颤。碎雪抚着面颊，晚照亭里我们并肩地伫立，把山脚下的华清宫尽悉地揽看。那时候，导游指着远方的秦陵，说着君王的奢侈和挥霍，而千年过后，所有的繁华和荣耀还不是一切烟消云散。而下一站，河西走廊沙鸣山下，万里黄沙地，时光的手反弹一个古老的琵琶。

和众多游人一样在晚照亭躲着寒风和飞雪，人们静静地听着导游说着秦始皇的一些传说。突如其来的一场雪难以驱散心中温暖，脸上生动的表情衬托裙袂的鲜亮，西行的快乐舞一场雪的纷飞。那时，雪的玲珑洒遍琉璃瓦上，目光的抵暖无声烙满心间，脉间跳动的是心的碰撞，一场风雪在这样的三月和这片历史一样承载了无悔的不倦。

三月桃花三月雪，不再说城南旧事里柴扉题诗的遗憾，依然记得千年前落在青衫上的嫣红不散。沧海有泪，蓝田玉暖，那一晚击石为磬，捧玉为盏，翩跹的足音在长生殿的遗址上叩响连理的乐章。

大唐的烽烟也许是周幽王腐落的延续，旧日的天颜是马嵬坡上白绫的悬绝，海棠池畔再无杨贵妃独舞的歌弦。皇帝也保护不了爱情吗？否则，为什么在华清池听到马嵬坡兵变时你瞬间低落的情绪上悲戚的表情。揽过你的肩在掌心传递一种坚定，你说：不求富贵，只想用简单的幸福以不变应万变。

回想这些年的生活，也许当初的认识只是无心的平常，漫长岁月说不尽眷恋深深，也为生命里一句真爱无悔无怨。世态凉薄，唯一挂念的是天涯外孤独的日子盼望的团聚，尽管人生离散平常，而一个完整的拥抱从此把心沦陷在彼此的誓言。

走过灞桥，长安塔屹立在渭河的岸，选择从咸阳飞离继续西行，是怕送别的柳也沾染大唐的烽烟。执手泪眼，你的天空不再是一人唱哑的阳关。携满思念飞越关山万里，千年的长安留下一路走来的记忆温暖我们以后的日子。

略苍的身影，走不出相守的视线，点滴成苍的岁月已经用思念涤荡了守念的执苦，在纷扰的尘念中安之若素。不计前尘，不计来世，思念卷重帘，枕边的孤凉还有梦的飞翔。流光里的余温时常提点那些有你的日月，在每个月圆的苍穹下，笑望长安！

一座城，为你而倾，三月的雨，从此打湿了江南的遥望！

一路向西，春天染了西部的荒凉，并肩的身姿在阳光下溶金，笑语缤纷胜似三月桃花。这个季节坚定地走过每一个征途的坎坷，不必追问半生的相牵是否能许诺来世的永远，更不必在意俗念下窃窃的私语。细雨蒙烟，却无法淋湿生命的信念，更明白有一种幸福的概念无论是海角还是天边，心在一起就是亘古的不变。

有你，风中都带了芳草的碧香，喜欢北方的粗犷，山的形状都有斧劈的豪迈，骤雨初歇，灰褐色的山峦被冲刷后的痕迹或许没有江南的婉约。这里的山水没有江南的明媚，龙门石窟上的断崖却能在风雨中伫立千年……

身在塞外，说起江南的一切神色开始宁静，无数次细雨如织的天光下的旗袍裹身，软语温软的曾经都在此时的西行路上拾起。只是你不知道离家的日子，那些掠过颜间的雨丝无由地带着料峭的寒，二月的草色烟光，总有一些梦的荒凉。

铭记一路走过的风景，曾经的笑语在岁月中悠悠，初雪的容嵌入梦的风铃，大漠孤烟，长河落日，一份缠念悄然落在眉间。归来后的明天不再是空守的寂寥，走过这一生，指间传递的也是温暖的交叠。一份缠腻，世世相许，一份真情，无悔无怨。

第十章
风　行

　　风在空气中穿行，曳动荷塘上莲的亭立，荷叶尖尖的角突破了冬的重围，嫩嫩的荷叶铺展在水面，等五月的风吹开沉睡的蕊。风解语，心犹醉，把心思寄语春风，期待展瓣的花瓣在凝露的晨起用船型的花衣承载岁月里开合的明媚，夏末丰盈的果实，在包藏的莲心青翠欲滴。

　　透过涟漪的水色，一支支长满刺的茎顶起一片如伞的华盖。风儿暖暖，池塘上一片片荷叶多了阳光的铺洒。你还是故乡重开的莲，出淤不染的高洁中依然带着生命的高洁，看似易折的身姿留下了瞩目的展艳。在你身前俯望，陪你清清浅浅的淡然，把心的温度暖你春寒里水的潋滟。即使花开无声，也会倾听无声的绽放，荷叶舒展，一朵莲终会在我呵怜的风里次第开放季节的盈泽。

不再惶惑，四季轮替总有春光的喜临，从此只愿做你季节的常客，随荷塘月色融合无悔无厌的执守。铭记初见的惊艳，你是我折柳无着后的欣喜啊，纵然相逢应不识，满面的尘霜还是袒露了潜藏的炙热。凝眸，擦肩，回首，一个转身的系列，在恍惚的回忆间记取前世苦觅的尘缘。

风影下，一片荷叶连绵无穷，柔波絮卷，竟似我梦里的花铃。清波渺渺，千色粉黛围了梦的叠幛。江南的景致在时空里穿越，轻风着妆，凝眸的神往在心湖沉淀了如莲的根生。

因为懂得，所以珍惜，把敞开的心城掘一方梦里的荷塘，真情化作桑田陪伴你葱郁地生长。你不再是我梦里的青莲，风过，娉婷地轻摆还我旧日的羞怯，相信你更是小轩窗下镜里的花颜，西窗剪烛时笑问画眉深浅。

莲心有了出尘的剔透，凌风一诺不再是指尖的手写的凭信。君如莲，在煦风卷暖的季节次第缤纷。思念的饱满不再是叶面上滚动的清露，粉色的花房含苞欲放，朝朝至尊。

风行，突破了重围，风语，妙曼了心音，风渡，穿越了坎途，六月繁花成了盛世的娇吟。少了冬的围剿，便把春天的绿意揉进了生命，季节的丰盈神似蕴藏的莲实。当花颜减退，残荷听雨，尽管果实落入湖底，也念念不忘来年的重生！

以莲心入茶，时刻把你融化在生命的血脉，无论冬寒酷暑，总有清香的气息随我深沉的午夜在流转。世有并蒂莲，而风吟的轻啸还是飞扬了梦的相融，风给了梦的翅膀，痴念盘旋不散，花期尽，那支莲开在爱的桑田。

夏至，红尘中会有并蒂的亭立，体会着风行的拂掠，摇曳着无怨的情随。轻笑漾荡，水媚蚀骨，如何让我遇见你，在疏离的风息间牵了相携，把伸展的纤姿带着风的醉意点染我季节的翠碧。莲衣下裹藏的梦如蝶，尽情把今生翩跹。红尘念不再散淡，就因你攀攀的绿意永不枯萎。我是承载你灵魂的枝干，屹立不倒！

感谢那一季的风渡我于彼岸，欣慰你的风情给我最美的心仪，聆聆风语中传来的莲的心事，在阳关外笑尽了春风。浅梦有依，不容违弃的盟约早已依赖成难分难解的窃窃心欢，虽有离别，今生的相遇也在尘世中永生！

迎接这一季春的到来，或略曾经寒冬的朔冷，你随一夜春风伴万朵梨花开！风暖，你就成了季节盛大的开场，展风情万般，盈盈可握。漫步江南，看细雨流烟，轩窗帘卷，舒展的媚挂满精致的娇柔。花间簇拥你玲珑的身姿，把待牵的素手，握紧红尘中最后一次无悔的相随。

青春，是曾经的喝彩，而流转到这一季，那些喧嚷的繁华不再是怨怼的冷漠。烟花散尽，生命的溢彩却被摄录在记忆的底片，你就是夜幕下不灭的怒放。最初的相逢，季节已经饰点了斑斓，最初的动容有盈眶的欢喜，纵来生无遇，也把这宿命的注定，随季风赶场！

苦觅，在人海中凝盼，或许那日的邂逅有猝不及防的忐忑。从没想过，那一天有幸得到垂怜的温情，曾以为生命就这样终老在冷色的荒原，当你走近，无数次蜿蜒的足音随你的低吟自此融合成相待的清晰。那一次，你的柔语相携了蓦然的心跳，渴望一世相契的执手。

送走七月，也送走了夏天，风已渐冷，荷叶随着季节的变换而更显深沉。些许时，你也静坐如莲，初颜胜雪。朔风卷寒时围炉品茗，静如处子，在彼岸盛开一世繁华。临望的身影披落霜的寒凉，期待你翩跹的莲步踏响归来的欣然，青衫一袭，遮你羞红的低首。

雪临，便有了失望的冷，无奈是雪花细碎的堆叠，不敢挣脱俗念里那厚厚的茧，浴火的念能否把今生涅槃。化蝶的愿折了羽翼，振翅的蝶衣何日翱翔了爱的缤纷。若即若离地行走，徘徊的叹息随烛火的光影摇曳，三尺青丝在焦灼中染雪。江南的荷色是梦里一卷水墨的渲染，山长水阔处，谁助你一叶苦渡，在时光的空隙里入目成诗！

除却心尘，岁月便成青花一盏，氤氲的香气漂浮在唇边缠绕不散。忘了一路走过的崎岖，梦无断，把曾经的惶恐驱离。安守着心仪的倾醉，这份情不再是躲闪的畏惧，即使是望梅止渴，风的气息也会把距离的遥远，串联一个枕间的同息！

第十一章

边城，梦里的胡杨

下雨了。一直在听着窗外的雨声，期盼的雪久久未至，江南的冬天却似秋般的缠愁，静静地看着照片，回忆那年西行的点滴……

火车出了嘉峪关，却不知道自己高原反应竟那样强烈。躺在卧铺上，耳朵有阵阵刺痛迫入大脑，攒起的眉尖疲惫了旅途的行色。这一次西北之旅，加重了心中痴念的沉，车窗外戈壁的荒凉布满萧瑟的原野，纵是八月，边城的景色也无斑斓的多姿。

经过陕西的沿途，黄土高原上的沟壑是一片苍黄的色彩，低矮的山前有窑洞并列，一些景色被高像素相机摄入，和多年印象中记忆重叠，从而衍生了无限感叹。西部，除了荒凉，还有没有摆脱的贫困。

犹记那年暑假，你只身重返边陲，去继续深造未完的学业，似乎忘却当年离开时那片土地给你留下的苦涩。百川凝练，天山挂雪，埋藏一段纯纯的清恋把自己放逐在寂寂的草原。从塞北到江南，时间的距离里，虔诚的目光把天涯一次次丈量，鸿雁传书的青涩如何写得出青春的圆满？爱情，终被扼杀在频频遥望的天边。

远处，赤岩般的山峦扑入眼帘时，西游记里的火焰山已在眼前，过了哈密列车在这里转了个弯沿塔里木河继续南下。丘陵、戈壁构成了大西北无垠的空阔，曾经是亿万年前湛蓝的海洋什么时候变成了广袤的沙漠，而这一切一如你离开时的心境，少了生命中苍翠的葱郁。伫立的山形沉卧了梦的安静，而多年后给我今生意想不到的讯息，让这个季节有我万里奔波的重逢。

细心地捕捉着窗外掠过的景色，忽视了针刺般的头痛，低矮的红柳和芨芨草在车窗外飞速倒退，"井"字形的防沙坡有序地排列在铁路的两旁，偶尔隐现的塔里木河在蜿蜒的曲折中若隐若现。当一片干涸的胡杨出现在前方，心竟激动得加速了跳跃。胡杨林，你无数次和我说起的胡杨林，就是眼前这番枯苍么？

你说，无际的沙漠上只有胡杨才是这片土地的脊梁，"活一千年不死、死一千年不倒、倒一千年不朽"，即使没有了生命依然傲立苍穹。当某日我驻足于胡杨林中才明白你曾经对我描绘的细碎。那造型古朴，写满沧桑的树干，纵然干裂枯萎，当一场雨润泽后的春天，树梢上有娇嫩的叶芽冒出。这样的不屈与顽强和你年轻的生命一样，任风沙肆虐，骤雪铺天，心中那团火焰总是蕴藏着春天的盼望。

飞舞的风沙中，古老的龟兹国伴着楼兰姑娘屹立了多少年？岁月的长河中，谁见证了你干涸的生命随塔里木河的流域在沙海上蜿蜒不屈？时间可以把胡杨变成了一个凝驻的标本，而你在离开江南那个小镇的时候，天风一样地席卷了你的苍绿。念你，是有惜无怜的灼痛，只是你依然把生活的信念挂于苍鹰的翅上，不倦地盘旋。

三月烟花堤岸柳都是记忆的旧景了，季节切换后的秋天远赴西域，我想象着你这些年来边城的岁月和容貌是不变的如初还是令人心痛的憔悴。十年弹指一挥间，所谓天涯真的就是一个无情的字眼儿。你像停留在塔里木河边的一只离群的孤雁，把忧郁的失落远遁在黄昏的落日里……

大漠孤烟，那条长河被时间断流，一条独木舟上的骨笛，吹不出阳关三叠。

年少的情怀总萌发天真的怀想，无力把你挽留在水乡泽国，只能用誓言把青春的理想装点，曾约定毕业后一同奔赴最向往的城市，天涯的寒会在未来的春天驱散。等你在山水蒙烟的静处，如麻的心思是日记里厚厚的落痕。

守着那份盟约，十年的眸光就这样守望着几千年来商贾不绝的丝绸路，守望着风卷流沙，孤烟万里的玉门关……

再回西域，放弃天空的飞越，只想有更多的时间把经年的点滴梳理，平息心中忐忑的躁动。当夜幕笼罩了车窗外的苍茫，黑暗中，我多年的遐想随旅途延伸。你的容颜是否蘸满了岁月的霜华，眉间收敛了张扬的稚嫩，再展于眼前的一定是娴雅从容的淡定。

思绪依然带我前行。走过库车，越过三千里的南疆，雄浑巍峨的托木尔峰出现在天际，你的远方我用跋涉逾越天涯的距离。雪峰辉映下的高山湖畔风吹草低见牛羊，我们的身影徜徉其间，而那些日子多了亲情却无形中拉开了距离。淡淡的笑声溢满旷野，却无法定格成想象的画面。古龟兹国的神秘，在长河落日的塔里木河畔，夕阳只把我们的身影拉长……

秋离，冬至，繁华落幕，记取少年心，空瘦有凭。我的国度不再有风沙的凌虐，春风温润了苍白的失望，唇间的一抹明艳，就是我今生倾醉的血酿。

离开你，离开你的城市，塞外的风撩乱发的柔顺，空旷的站台渐渐远成一个点。无法打开车窗，只能把脸挤在冰冷的玻璃窗上，初识在江南，校园的笑声不绝于耳，曾以为那一切是今生永远的停留，却不知道那年告别后定格成最后一笑。踏着西行的足音整肃青春的记忆，亲情蠢蠢欲动，写不尽的苍凉只有关山月照我天涯。披一身旧时明月照亮心中久久的昏暗，共有的记忆写成今生遥远的祝福。

第六卷
误入江南烟水路

第一章

秋风明月霜

借一丝秋凉，冷却梦里渺茫的希望。

冷月，薄霜，秋韵中夹杂着缠愁，伤感注入渐黄的叶片，西风扯碎残荷迷离一片空蒙的萧瑟。浅岸的芦苇在水之湄依然直指苍穹、桀骜不驯地坚守着梦想的苍茫。人生一世，草木一秋，四季轮回的交替中感叹生命的刹那是如此仓促，闪烁的心灯在明灭之间摇晃。

中秋将至，清凉的夜晚看阴晴圆缺，循环的生命也如人世轮回的沧桑。儿时的梦里曾奢望被咬去一角的月饼如月亮一样在某个夜晚再次变圆。而所有的期盼就像我们长大后的生命一样，有些人，有些事，只是一个希望而已。

走过街边的花圃，一树红叶摇曳，温暖的红色瞬间跃入眼底，叶面的浮尘遮不住生命的本色。秋天来了，记忆中的烙痕会永久地存在于那场伤心的别离吗？飒飒的季风里，回忆再次浸染心尖上的红艳。惶恐的感觉一次又一次地爬上心头，眉间染上的秋色是融合眼前风景里的同一种感伤。一声叹息碎了昨夜星辰，独守岁月，轻轻地把心事放在风的翅膀，随仲秋夜的彷徨越飞越远。

一曲贵妃醉酒是梦里经年不忘的片段，心似冰轮，红尘里已经没有任何温情可以把它捂暖。月圆人不圆的夜晚，浅浅的秋就更因为月色而显得凄冷，高空掠过的离雁声在瞬间酸了鼻尖。曾几何时，红叶的斑斓盛开一季柔情，鲜艳的猩红耀眼得炫目一如你那紫色的风衣，素巾围绕着你如脂的脖颈，爱情刮起的旋风连同那些季节一起席卷。

时光的利刃割开记忆的茧，漫长的季节盛不下疼痛和忧伤。也许，只有痛过才可以清醒，也许，只有沙沙的落叶才可以提醒季节的流转。秋风雕琢梦想，绝情吞噬着孤单，季节在你离开的刹那就凝固成永远的秋天了，再也不会从我生命的枝丫上婉转攀沿成春天的色彩。

走在秋的边缘，也许那一树青涩的果实可以展示即将到来的收获，只是没人想到它的饱满来自绿叶的丰盈，收获的喜悦漠视了绿叶一季无声的奉献，一如你无情地离开，不再回头。那些舞尽繁华的苍翠在以后的日子里无数次有人从它的身边走过，却没有人注意萧瑟的风烘干了心叶中鲜红的誓言。在透明的秋风中凝视心境，脉络分明的枯瘦和青葱丰润无法比拟。曾以为这一片葱绿可以承载一生的牵系，把梦的羽翼随爱情一起放飞。可以用诗的语言在温婉的柔软里动听成一个歌者的低吟，在你许诺的围城里悄悄落定，而如今，却无法用纯洁的句子，写下爱情的意象。

风云逆转，人生如脚下的叶子，铺满的是生命季节里注定的宿命，飘散的灵魂像断魂的蝶，随着瑟瑟的秋雨黯然坠落。树下铺满的柔软再没有相依的背，寂寥的荒原，伫立的身形如同光秃秃的树干，少了生命的葱郁。

曲院风荷是过去的记忆，那一季的绚烂，在思绪里盘旋不尽……

那个夏天，你不动声色地剪去盆景树蔓延的枝叶，给告别留下最好的理由。夏日残阳的余晖恰好也遮挡了你眉目间的谎言，原以为，秋天的意义是我们对爱情心满意足的收获，饱满的年轮，诗一样的颜色在秋意盎然的最后一刻璀璨成诺言兑现的欢愉。不曾想，有些诺言变成了脚下的一堆腐朽的败叶。

永远到底有多远？难道这一切都是春天埋下的伏笔？无数次站在昏黄的街灯下等你下班归来，痴痴地迎候，那时，我以为能等到一个地老天荒的结局，却忽略了你淡淡的酒气和慌乱的神情。直到有一天你的身影不再出现，才明白刻意的掩饰是为了永远的背叛。一个无形的伤口溃裂成无底的黑洞，那个秋泪雨滂沱，从那以后爱上了二锅头的猛烈。

悲秋是离人的呻吟，侵扰着灵魂，蹉跎了岁月。青春无形中被划满了伤口，幸福遗落在四季轮回的痛楚中，等待明天的重生。赤诚的心像山间野路上的片片落叶被无情践踏，今夜，耳边依旧停留你均匀的呼吸……

曾经携手夕阳憧憬人生的壮丽，踩着一地的落叶细细地把未来丈量，慌乱的脚步声里留下你最后的眼神。就是那一个深深的秋，你的绝情加重了对秋天的恐惧，年少的温情再也温润不了下一个春天的妩媚。

不再沉湎在过去，因为明天还可以希冀。瞭望的身影在余晖尽染的黄昏下勾勒出一个枯瘦的单薄，透过这黄昏的景色，把一起走过的温存割舍。

不爱，是为了不痛，残缺的梦已经担不起现实的蹂躏。疲惫的思绪渐渐醒来，一一剔除心中那些残留的念想，人生初见，便品尝了这种反复无常。

今夜，月如霜，依然记得那年月一起走过短暂的日子，记忆蚀骨，一碗酒是穿肠后漫天泪雨，断了流年，抛弃幻想，在冬天到来时，塑造一个白色的世界。

第二章

一湖冬色半城雨

入冬后的第一场雨淅淅沥沥地下了半天，温度却是出奇地升高。冬天和秋天挨肩并行，各色的伞在街头撑起，移动的身影隐约在彩色的绸面下，风掠过裙角，旋起的树叶说一场冬意阑珊。想起童年的冬天趴在矮小的窗台上看外面的世界，顽劣的嬉闹被困在小小的屋里，只能对着天空发呆。

一场雨洗了青春少年的尘埃，转身离乡后的日子，故乡的树叶青了又黄。异乡的路上回忆童年的场景，很多孤单竟然一直陪伴，目光抵达在未知的归期，甚至包括儿时的玩伴也成了别人的糟糠之妻。青春和少年的时光被时间吞噬，有的人只能念着白头吟，期待错失佳期时不能绾起的发被时光理顺，打上一个白首不相离的结。

雨就这样下着，用踉跄的脚步走完通往故乡的路，寻情抛泪，谋生与谋爱的艰难在深夜里品尝。人为操纵的戏本被众生一次次彩排，命运不会对每个人手下留情，在季节变更的车道上小心翼翼驶向各自的终点。然而，童年的窗台贴着温暖的希望，当青稚的脸被岁月涂抹了沧桑的标记，所谓成熟的名词犹如小时候初学描红的纸，泼了一片不敢回顾的狼藉。

从小巷深处走向湿地，叫"半城"的小镇却没有城门，彭雪枫将军也永远长眠在这片土地。送走秋阳暖意，想着毕业那一年订下的诚约竟然在季节中忘我，秋天红叶做了季节的嫁衣，却不料深记的容颜在街头重逢时有视觉的冲击。时间改变很多，而意外的是岁月在你的身边绕个弯，冬雨长街上的重逢多了唏嘘，却用笑闹的寒暄问一句客从何处来。

我们是在这场雨中重逢的，说着这些年的纷纷扰扰，同窗时的校园和居住的小巷早已经在城市化进程中荡然无存。惊讶变成惊喜，索性拿出手机约了附近的两个同学在一家餐厅小聚。

同学问起这些年的日子和归来后的打算，推杯换盏时话语不由多了起来，一杯白酒饮下，你的脸灿若红霞。我们都应了命运的安排，在每天回家的路上走过记忆的小巷，却不能在友情的定律里越界。这一身青衫已经不是你童年的依赖，那时候有顽皮的孩子欺负你时总有一个瘦弱却高大的身影挡在面前，那场面如果定格回放一定很可笑，可最后总是在他狼狈败下阵时换来老师一顿呵斥，然后灰溜溜地和她一起走出校园的门。

时光堆砌的墙轰然倒塌，倒在告别几十年的土地，雨渐渐停了，两瓶珍宝坊让久违的快乐都词不达意。青春被时间雕琢成一场重逢，每一个日子被岁月清点，脸上披着阳光的笑容，各自说起这几十年来的一切。

相信记得同窗五年里所有的点滴，曾经爱哭的且柔弱的你如今已经变得坚强，诧异这些年不见竟然酒量惊人，也许酒乡的女子真的不让须眉。那样的态势和情势聚焦一个简单的热烈，更不怕有的人离散后在命运里失宠，将岁月的路走得越来越窄，尽管婚姻仅剩下一张床的位置，爱情里的空洞再也没有另一个人填满。

回忆在闲聊中穿插，青春期偷偷暗恋的身影如今都敢一一坦白描摹，你始终抿嘴含笑，聊发的兴致像庭院门厅下风吹过的曲。那样的少年一起经历过，包括池塘边榕树下的口哨，再也唤不回那个人惊艳的回首。

那些故事如纸上谈兵，再也不能颠覆各自之间现有的模式，童年是无忌的，藏在杏花春雨小巷里的人被自由松绑后浪迹天涯，幻想倒在一碗酒里饮下。毕业时离开故乡唱过的红河谷如今在酒席上响起，那场类似于爱情的暗恋在毕业典礼上阖上眼帘沉入梦中，也不再被酒精勾兑。

雨过天晴无觅处，温柔地决绝坠入重逢的欢喜，却知道责任永远大于情感，成熟的心智可以抵挡少年的梦幻，可惜很多重逢来得太迟。对视的目光再也无法碰撞出青春的冲动，能维系的友情在今天成为一堵感情无法越过的墙……

一支芦苇在风中摇曳，雨洗过的天空，开始放晴。

第三章

从故乡到异乡

异乡的情怀改变了我的乡音，却改变不了对你的凝望。

思乡是一个无人嗤笑的言辞，在她的面前我们总是黯然惆怅。家书抵万金的年代，所有的亲情和爱恋都落在四季的旅途，一些怨怼成为可诉的笔记在他乡的土地披满仓皇。

在漂泊里叹息，太多的乡愁在三百六十五日里成为和亲人倾诉的理由，我们一次次面临分离的告别后，一杯酒洒落阳关。

家，是拥有的一片港湾，闲暇的时候用点滴思念去描摹故乡的风情和你的颜，那片湛蓝的湖水晶莹得如眸的回望，很多夜晚只能用梦境去稀释切切盼归的思乡情。离开你很久了，宽容的怀抱还能接纳我漂泊的冰冷吗？离愁点燃的寂寞成为我思念你的时候指上一支烟的缭绕。

总是被故乡的呼唤温暖着孤独的心，季节的盛茂饰点沧桑，从故乡到异乡，密密匝匝的思念也为你的容颜而留恋。儿时离开的荒芜不再是我尘埃之上近乡的情怯，当有一天在鬓霜如雪的黄昏里回归，高楼林立的繁华，一下迷了我的双眼。

故乡有你，无人笑问客从何处来，对我而言也没有青梅竹马可记。从少年到而立之年，遥望故土上的一片湖水和秋天的芦花，从清晨到黄昏，一篇篇日记记录所有的爱和悲喜。灯下捧起亲人寄来的信笺，字字滴泪的思念陪我在孤灯下醉眠。如果梦里可以让我回到故乡的怀抱，长夜醒来，何必把孤单重新倒进酒杯，溢满刻骨的念。

你总是问什么时候回来，当无法成行的无奈被烦躁的语气打断，有多少不甘在一杯酒里浸泡。这一切你都知道，却是笑而不语，用久违的温情给我销魂的留恋。异乡漂泊，谁的目光笼罩我的遥远，一词一句的相思写成寒夜里温暖的释放。多少次呼喊你的名字相拥入眠，但是更怕读起宋词里的"四张机"，真的是未老头先白吗？素笺小字在手心抚摸时更加渴望归来的缱绻。当冬天的雪被春风融化，重逢的三月，那片故土余留的不舍更有我生死离别奈何天。

归来时，总像一个犯错的孩子，低头不敢对视的羞涩为多年的离别迎接一个抱暖的无语。柔软的胸怀接纳我孤苦的流浪，在你生命的芳香里饥渴地吮吸你独特的气息。我不想离开你的怀抱，不计贫富，不问繁华，从此把远行的孤影在你的臂弯圈定。

我知道，走不出对家的爱恋，犹如走不出你的目光，夜朦胧，黑暗阻挡不了心的归程。这些年的风餐露宿陪爱修行，冬雪来临的苦寒中有你的覆暖温寂寞的凉，寻你，八千里路云和月，每一次问候的呵怜在眼角滑落，提醒离别那年三月雨中彼此的尘缘。

故乡，有七月的荷在尘烟里摇曳相思的青碧，感谢你给我生命的归宿，才知道家的温暖就是尘世里简单的烟火。纵然我们都不愿意在每年七夕的葡萄架下去奢待归来的佳期，月下荷塘的伊人独立不再是唐宋烟雨中谱写的离曲。阳关三叠，一直是我吟唱的渭城朝雨，我们把身影重叠在千年的画面，轻描淡写时，字字入卷。

每次告别时，总有控制不住的泪眼相送，把你和故乡的容颜认定，江南雨从此淹了遥望的心城。习惯了一次次远离，独守时把相思的词句在墨痕里晾干，轻轻折叠后放进漂泊的行囊。

多少年了，努力缩短与你和家的距离，梦里的图腾在月缺月圆的时候反复清晰。分离的片段被一篇篇日记填充爱的空白，素手抚摸涅槃里的永生，专注誓言里销魂的珍惜。

饮尽的不再是孤独，你还有我许下的不离不弃，思念的城堡在你的坚贞里坚固，唇齿相依的诺言被时间鉴定；越过春夏秋冬，故乡，在你的温暖里，我真的无法逃离……

第四章

秋风劲，思念染尽枯黄

夜半无眠，独自在夜幕下翻动记忆的浪花，满肚的心事在波涛里滚动。一段情缘放飞在洁白的羽翼，心仿佛梦的蝴蝶飘落在空洞的黑暗里，目光在夜色里无声地跋涉。

月西沉，记忆中的一切像潮水般涌上心头，一份缠绵重新地装裱与记忆，甜酸苦辣却无法一一回味。终究要面对这秋天的回忆时难以淡然处之。过去的一切难以释然。极目长空，无法拼凑关于离别和团聚的点滴，回首处方知自己灵魂深处你的一颦一笑都是我永恒的悸动。

粼光闪烁的湖水映着岸的远灯，璀璨着静静的激滟，夜风不时夹带着雾气吹进心扉荡起小小的涟漪，陪心中的那份幽幽的伤感在一起曼延。西子湖边璀璨的夜景，曾几何时，少了一份苍白的浮华，多了几分难得的安静。

"满堂花醉三千客，一剑霜寒十四州"，飞来峰下三生石前都留下走过的足迹是否依然刻在心头。苏堤春晓，三潭印月，每一寸山水都是牵系着感情的纽带，每一片砖瓦都浸润着唐诗宋词的韵骨。看你长发纷飞，温情缱绻，我们就这样在诗一样的季节里流连。

相聚时已是初秋，晓风残月的宿怨已被缠绵的秋风所席卷，春不能尽相思意，执手相看的凝眸却是花落溪涧时随波逐流的失落。夜过半，再没有灵隐寺的钟声在提醒时光的流逝，久违的月光挂在雷峰塔的对面，洒下清辉冷冷。

一样的月光下，有多少文人墨客的幽魂在今夜流动呢？想起千年前那个诗仙李白，在古今千年的月光下举杯邀月，醉唱对影成三人。曾以为会偕老终身，谁知道那个秋天江南一别，相期邈云汉。

当杜甫吟着"露从今夜白，月是故乡明"的思乡曲流浪飘落了一生，红尘滚滚，江海湖泊只给人流浪的去处，月光游离，给梦中的灵魂仅是一丝慰藉。

两千多年前，谢庄的《汉赋》里那个"美人迈兮音尘绝，隔千里兮共明月"的美人呢，千年的魂魄今生依附于何处？难道你渺茫的身影，就永远成我心中的一份孤独吗？想到这些，心底抹了层凉丝丝的哀愁，奈何秋风枯碧叶，情难诉。

透过书房的竹帘，看着刺透帘栊的月色，难道有些人有些事注定会在浪漫的季节里错过。我害怕，一直害怕今生的痴念依然是昨天的错过，脑海无端地跳动一行文字："君生我未生，我生君已老"……

眼泪不争气地浮上了双眸。

想着你温婉的笑靥，心里泛起一片涟漪，在这个真情难觅的年代，我们的相逢有着奇迹般的惊喜却又如此的惶恐。纵然有如海的情深，何日鹊桥飞渡？一段情缘如飞花飘过浩渺的银河，即使有再美的期盼也跨越不过命运的长河。

空空的夜只有星月相伴，一缕清风吹醒经年的梦。一步步从过去走到现在。欣慰的是你恬适的话音里总是透露着一种坚定的坚持。倘若没有辜负，一转身，一个回眸，都有一个飘着长发的影子在对我说：今生不能牵手，来世我也等候。来生，我就在雷峰塔下等你好么？你要记得清波门外的清照亭，水杉林里我们彼此留下的誓言，那年，那对拿着油纸伞的人儿是在这里分开的，也一定会在下个轮回里在这里重逢。

恍惚的梦中怦然心跳，还有梦醒残余泪光吗？我不知道。

那么，我能给你什么呢？是一生偕老，还是只能递给你我温暖的手？想这些的时候我的心都在颤抖。承受不了你温情的目光和深情地呼唤，夜半都不能给你盖上御寒的薄被，我还能给你什么呢？绽放的泪花在瑟瑟的风中蜿蜒，如同你飘零的心叶，多情的惦念是舞起的蝶，远远的思念只能给你受伤的憔悴。

悠长的街巷，多雨的江南，星光暗淡，心若晨曦。缥缈的心音与黑暗纠缠，潮湿的眷恋缠绕过记忆的边缘在空灵的午夜盘旋。长夜无眠，寂寞游离天外，心念一动，落花纷飞在四季的轮回，你三千青丝的绚烂，会为我舞尽一世繁华吗？

终究逃不过一段孽缘，终究逃不过错落的遗憾，心痕千回百转，也控制不了相思的指尖，午夜敲打的键盘，凌乱成心碎的清脆。手里翻阅泛黄的诗卷，章章寻觅，那远古的誓言，如何提醒了此生对你的眷恋。

　　指间的青烟袅袅飘过，暗红的烟火或明或暗，温暖心里的一丝冰冷，隐约的呢喃在耳边盘旋，惹我阵阵痴念。人世间真有来世因果吗？前世埋下爱的种子，会在今生长成一株结满爱情果实的树吗？在你初次经过的刹那就飘落一肩的花雨在止步凝眸的瞬间，用熟识的一抹心香唤回你前生的记忆！

　　今夜，帘初卷，秋风凉，人不眠。忧伤的季节转身时许多往事与残红都落在了过去的足迹里。熄灭了燃到手指的那点昏暗，思念的潮汐再次漫过心头，走过咫尺天涯，在泪如烟雨的江南，用一幅墨色未干的水墨画，描绘今生不老的沧桑。

第五章

误入江南烟水路

夜，没有喧嚣，拉上窗帘隔绝户外的黑暗，静静地捧出自己的灵魂用双手轻轻地与键盘接触。聆听窗外的风声把往事逐一清理，在夜幕的幽暗下独自窥视自己的内心，开启记忆的闸门，心事在静夜里轻轻地放飞。

帘外的风掀动飘柔的纱帘钻过思念的缝隙，回忆细软地往心田里撒了一层盐。我不知道眼角为何莫名地潮湿，带着微咸的液体滚动。呢喃着你的名字，思潮扑向心墙，一切都已落定，原来所有的追逐只是一个梦。归拢曾经的点滴，风逝的残痕挂在昨天的枝头，柔情碎，希望的翅膀淋了雨在梦的角落风干。我该用怎样的方式才能把希望灿烂成明天的阳光，而你把过去的约定很随意地丢在风里，任凭那些美好在风雨里飘摇一季。

尽管在没来得及枯萎的青春里流露的表情曾复活着我火热的激情，尽管你一直在不留痕迹地逃避我的执念。冬去春来，等待憔悴了容颜，宽了衣带，望穿北斗，执着地凝眸流着情殇的无语。

　　一场风雨将你带得好远，远到了你在现实里迷失了我们共同的方向。固执地离开，从此你没有找到回来的路，空留守候的承诺浓郁着对你的牵挂。

　　岁月匆忙地将季节染成苍碧的绿色，阳光却无法照亮我的心房。伫立一抹残阳中，记忆便开始在有你的梦中漂泊。柔肠辗转，心流浪于夜的黑，灵魂从烟雨江南飞向有你的城市，沉沦在你离去的背影中，无数的梦，痴痴不醒。

　　守着记事本，用简单或伤感写成记忆中苍白的美丽，堆积夜幕下冰冷的繁华。想得久了，心累却不知疲惫，枯苍的笔墨书写思念的流畅。纵有万种风情，无奈也如一把冰冷的利刃，斩断所有温柔的连线。

　　无法穿越命运的界限，深情独自婉转，灵魂的静处我留下了一个独伫的姿势，用叹息抚慰苍白的情感。有很多时候真的很想问：在爱的世界里为什么将我固守多年的爱挥斩？无人应，只能固执地把冷漠的表情扎在眼角深浅的泪痕，润开一抹黑色的血花。

　　打开紧锁的心扉，牵出一缕寸断的柔肠，那份刻骨便在记忆的墙上刻下了永远的伤。无着的梦在夜幕下游荡，生命随无休止的轮回沧桑。我和你是谁弄错了时间才有了今天错位的相逢？长叹打破了夜的幽静，手指敲打心碎的片段。

你是前行的路上一场情劫，却执着地孤守为梦里的依靠，思念的笛音在月色清寒的午夜独自吹起，当初的倔强成了一生挥之不去的遗憾。红尘梦真的好短，梦里不干的泪挂在谁的腮边，呼唤的嘶哑痛了谁的眉尖？相思如叶，片片洒落，再也回不到爱的枝头。

春天来了，雁去燕回，旧日堂前燕飞过返青的柳梢，飘落沧海的羽毛沾满了牵念，在冬去春来的细雨中都能成双，而你呢，一切渺无踪迹。

有人说：幸福有两种方式存在：一种是自己感觉到的，一种是给别人看的。接受命运的偏离，铭记着那些明媚和潮湿的日子我们一起走过。不在意花开花落，那场烟雨促成唯美的邂逅，已随曲苑风荷月冷。岳王庙前，荷花亭上的朱漆依旧醒艳，而一次次在模糊的梦里遥望那随风摆动的裙袂，一场细雨撩乱了心扉的潮湿，雨后的平湖秋月，唯你凄美。

孤山黛，白堤依旧，那年是谁的笑声惊动了心池荷叶的露珠，于如霜的月色下久久凝望你披着长发的身影。今夜，繁星照，残情依，一段没有结局的对白，还在自顾言起……

那次从南屏山回来的时候，越过苏堤，身后的净慈寺和雷峰塔在远黛的苍碧间回荡着悠远的禅鸣。从花家山下来，还想着卢园那些景致，园内木梁为舍，积木为居，更有叠石为山。行走间宛若一笑，桃花落，送走春意阑珊，那一季走过生命里最好的相随，细细地将这份爱恋铭记成来世的盼望，桃枝和你摇曳的身姿飘起隔世的遗香。

秋天到来的时候，西湖碧水微寒，而丹桂的弥香也覆盖了庭院山恋。天色厚重的黄昏，开始呵护着窗前的一盆梅树，等到初雪后破寒的沁香。青春的发随意覆在额头，凝眸靥笑之间，生动的笑脸挂满了花开的期待。

记得我当时去南浔送别的表情袒露的重重心事，垂落的发散落相思的无助。你将八月的桂子随一缸米酒入坛，酒酿中拌入了思念的味道，浅酌的红晕随唇色的一抹明艳。那个秋天，西湖水更碧了些，而满园的行人依旧纷攘，把短暂分离的歉念和他乡不眠的记忆还原成设定的浪漫，补偿你临窗的等待。再游西湖，风中有了水的味道，柔情和空气中缥缈的暗香共怡，在卢园的亭阁下拥你远眺，那些未来的展望敛入了透明的山水间，描摹成心中永恒的画卷。

"花家山下流花港，花著鱼身鱼嗫花"，虽是初秋，风抚落英，喜见你围栏观鱼嗫花的动容，欢笑声稀释分离的孤独。静朗的天空下鹅黄的裙摆和飞扬的发映在碧蓝的水面，一个纯净的底色定格成生命中宝贵的珍藏。取景框截取一张张明静的笑靥，专注地把你展容的身姿，刻录成斑斓的秋色。

就那样徜徉在十月的江南，举手投足皆惹意，并肩携手，爱情的颜色妆点在岁月的画面，而你的一切在西湖的风景中留下了靓丽的过往。时光冉冉，唯有记取的心跳在四季交替的轮回中凝结不变的心仪，点缀这人生旅途的行色。

过了牡丹园，红鱼池边人头攒拥，蜂拥而至的人流夹杂天南地北的口音，在喜悦中分享天堂的美景。跟着人群跻身靠近，俯身围观，各色的锦鲤搅动着平静的水面。用双臂围一个半圆把你拥在身前，回望的时候，一笑宛然。

离开牡丹园继续东行，于牡丹亭下小坐，江南的十月并不像北方那样冷，汗津津的脸上红润堪怜。虽然依旧过了四月，园中牡丹早已败落，而山石苍松的错落间，名贵的"姚黄"、"绿玉"在紫薇和海棠花树下摇曳着，相约来年春日再赏。

这个季节，因为短暂分离后的一次同游，平息了心湖里潋滟的波澜，脆耳的笑声一次次荡漾着爱的涟漪。在牵手中延续生死契阔的传说，把爱的盟约随一场秋意留下收获的欢悦，阳光下的笑容留下夺目的灿。

又是冬近，翻阅着那年那月铭记的记忆，沿着爱的足印在回顾的路程里重温那一季的花香。刻骨的恋早已随我疲惫的行囊，包藏在你相迎的喜悦中。此去经年，良辰美景不再虚设，分离的痛在江南疏离的月色下沉潜，一剪烛光，一只酒杯注满米酒，在浅醉的回忆中别梦。

第六章

一壶酒，桃李无言

从绍兴回来的路上你说给我带到最喜欢的礼物，刚到车站就看到你远远地走来，肩上挑着一对五公斤重装满女儿红的坛子。惊讶地接过你肩上的竹扁担，心疼地看了一眼你柔弱的肩，走向居住的小巷，那一天回来的时候，正是是西湖的"朝花节"。

忘记了旅途一路颠簸，眉飞色舞说着绍兴此行的收获，只是这一个月来手机的信息装满了你沉沉的思念。从简单的喜欢转换成相伴相知的岁月中，你的一举一动依然保持着最初的心境。

谈起童年很多事，更津津乐道于家乡的米酒，看着午餐丰盛的菜肴，双臂挽颈，闭目娇嗔，开心窜上了眉尖。打开褐色的泥坛，一股酒香在满屋子里芳香四溢。一盏女儿红浅沾入唇，颊间便有了桃花一般的色彩，脸上绽开羞容，更怜你低眉顺眼时欢聚的蜜意。

三月天，春风抚暖，漫步苏堤，陪你归来后一起度过这个快乐的假期，走在西湖的小路上不时地捡起遗落的花瓣，将一片嫣红收入掌中，娇态可掬。桃花衬映了你的灵俏，折柳随行，越过长堤一座小桥，一阵风吹过荡起你发的飘逸。温暖在心头升腾，三月春风里雀跃的追逐在这样的景色中，看你芙蓉如面，青葱的年轮更令桃花可羡。

远望南屏山，栖霞岭已见青黛，万花丛中清眸浅凝，倒也合了古人诗中所说的"山色空蒙雨亦奇"，陪你穿行这一季风景，青春的妆容在春风里更显柔媚，一月前离别的堪怜在依偎的温暖中释然，而你柔软的身姿终有临风如絮的贴柔。

过映波桥，灿烂的阳光驱尽了春寒，风漪荡，竹林深处有鸟和鸣，水如镜，倩影萌动，你弯腰掬水的欢欣更见柔情。远处桃花灼灼，近处柳色娇嫩，而再动人的风景终不及你笑脸盈盈。远视一排排柳树上烟色缭绕，六桥点饰的长堤风光倒映在粼粼水面，销魂处，还有你万种风情。

站在桥上望水色连天，平视的目光和垂顺的长发更惹心怜，半靠的肩有你呵气如兰的气息，水鸟掠过的湖面引起你眉间新喜。沉醉在这一方山水依稀记得我初春的送别，那时不舍的泪氤氲三月的雾气，可如是这眼前一湾碧水在午夜离去的沉寂中，两颗相恋的心用天堂的水色续接。

过锁澜桥，前面的保俶塔遥遥可见，说着许仙和白素贞的故事，对法海的怨恨重复在你蠕动的唇边，过一会儿，你狡狯地侧首责问：某一日相似的情景下你是否会如那胆小的许仙，在最需要保护的时候听了谗言。怔怔地看了你无语表情轻拢你入怀，只是把一种坚定无声落你的额上，相视一笑，更胜诺言。

看你孩子气地笑容满面，心底浮起太多的感受，其实在我们生命糅合的伊始就血脉相连，万山千壑上一株新绿难道不是我们来生的同翠？这份蚀骨早融在生命里的不舍，纵时光有尽，情却万年！

低低的浅语在起伏的心跳传递了满怀的感言，你说：同生共死，你若离去一定追随，因为谁也不敢承受属于生命里一个人的忧伤！

春天近了，季节渐渐饱满，"早春三月桃生水，垂绦鹅黄弄水盈。十里长堤明如镜，柳浪可闻夜啼莺"。总是记得那个季节从清波门回来后你整理那些照片的欢悦，看着记录着我们同行的风景，这一生中曼妙的心醉连载成册。爱情不再是一个传说，即使生命里有不能承受之重，在时光的缝隙里，来生也会被续接。你是我心中不醉的酒，在岁月的沉淀中弥香不散，是红尘中不老的歌，在午夜的时空回荡经久的天籁。

识你，是红尘里幸运的欣悦，而这份欢喜是我前世永恒的期待，为那灵犀的感知把心底的叹息在指尖开出美丽的酴醾。生命流放的歌寄语你岁月的白首，无论你平静还是安然，今生谁也不能再把你替代。只是这一场相识的惬意有着华丽的绽放，不为其他，只为你生命的多彩。

那一季无意的擦肩，你的清颜给我瞩目的初雪，素净的典雅，如火的情怀燃烧沉寂的夜色，流苏般的年轮刻下一段曼妙的精彩。初见你的庄严，眉间流露的清绝似江南可采莲，亭立着孤傲，摇曳着婉约。如今君颜未改，拈花一笑间轻轻驻足，把靠近的脚步轻轻放落，虔诚着对青春的膜拜。

那时，我的青春已经散场，人生的豪情也已落幕，可我依旧期待你的青春是爱的承载，像山涧欢畅的溪流洗去半生的尘埃。把心愿幻化成枝头不落的叶，纵枝干枯苍见裂也会唤醒我沉潜的蓬勃，点饰你生命的年轮。依偎着生生不息的苍翠，在静若菩提的枝丫间把同生的叶脉辉煌成春天的临场，喜悦着疏离之间的感慨。那些明媚的简单点饰平淡的岁月，爱在生命中盘根错节。

在走过的流光里懂得：大爱无疆，生死有限。说起月老寺的楹联，坚信前生注定莫错过姻缘。佛光给了清心的揽照，不再有意讨取你刻意的相容，尘世间缺离薄缠总在轻言巧笑的眉目里落地生莲。

举手回眸，过往便有了烟雨的轻缠，为点滴而动容，随风飘逸的发丝织就一生的情网。当我们走过春天终于明白：与其小心地躲闪，倒不如把心的归聚设置为心灵的道场，在凄风苦雨的俗世演绎成一种心佛的安详。畏惧并不能成就明天的幸福，一起走向遥远的未来，你如莲的情影未必不是我临水的照花。今夜有酒，你是我手中执盏的沉醉，巴山夜雨还有我剪烛的西窗。心流放在有你的江南，涂满蔻丹的指亦如初笋的纤长把指尖真实情感传递，即使旅途的行色落满了尘埃，在水媚的轻柔下虔诚无染！

那时起，爱情在岁月里的浑然悠长，舌间盈动的软语和俏丽的音色远胜窗前清雅风铃，而你端坐的妆容安静了青春岁月中尘心的躁动。

千重雪，浪花有意，一壶酒，桃李无言！饮下的思念穿越时光的深邃，念与不念，目光和一盏寒灯明灭，爱与不爱，不再是庸俗的担心。那些无着的借口和牵强的杂念在心心相印的从容里点亮今生黑暗的路程，为你陶醉。

第七章

雪夜，一盏烛火的明亮

　　班得瑞《初雪》响起的午夜，房间空调的暖意让我忘了户外的寒冷。这圣诞夜用心守护你的平安，祝福在雪意中开始蔓延。

　　春天的种子已经在一场雪的暖盖下萌芽，这场雪落在你远方的枝头，而我的心随着漫天的雪花飘舞。祝福融在冬夜铺天盖地的雪花里，童年的童话开始在这个夜里去堆积。而此时，想象着你的远方我的雪，今夜的守候和平安抵达。

　　几年了，圣诞夜没有守候到雪的亲临，文字里的臆想被北国窃笑的表情所惭愧。寒风穿过我的帘帏，呼啸着梦里凄凄切切跟随。

　　去年从西宁路上回转，只因为轻视了十月的宁夏没有那般寒冷，那一天雪压尘烟，圣诞夜我们一起在边城的雪地上堆积快乐的雪人。地域的差别把季节的顺序打乱，却没有把该来的团聚无情地拒绝。或者就像人生遇见时的懵懂也是被一场雪清醒，到如今，谁侧影相伴的奢望在南方落空，只把一颗心留在你的天边。

很想踏着雪烟隐遁在北方的荒原，穿越在这十二月的夜，班得瑞的钢琴曲在空间反复循环播放，犹如我们一起唱过的旧时曲。那场雪中，破茧而出的心愿也被圣诞老人窥视，从此以后不再隔着红尘相望，在一株圣诞树上挂满快乐的笑脸。

此时，不能远行的心愿被雪藏，生命里的别离只是灯下一只香烟的昏暗。希望十二点的钟声及早来临，在手机的信息里送去今夜的祝福。平安夜，心在雪域人在天涯，喜欢那些如初的叮咛在雪花飞舞的斑斓夜一次次在耳边响起，陪我的思念一起守岁。

你知道我在听吗？听雪就是听你的心音，飘飘洒洒的情绪被六角梅托起，泽润守岁时零碎的悲喜。不该想起去年告别中沉默的倔强，当季节被流光抛掉，我的梦如你的雪花一样在北方的天空舞蹈，疏落有序地洒在元旦后即将踏上的旅途，把今夜不能团聚的缺憾随新年的钟声圆满。

这杯祝福的酒留在今夜，快乐不再被囚禁，用笔墨挥洒雪的思念已经不能停歇。按下的重播键次次响起流水般的琴曲，有一个主题一直环绕在两个人的世界。夜幕下一个无影的笑容和雪花绽放，彼此接纳的心光和雪色辉映。尽管雪烟如尘，世间的坎坷也侵袭过青春的颜，这个平安夜的烛火照亮一生的归途。

感谢时光赋予的四季交替，我们都铭记相识时那场雪的恣意，飘洒的雪花和钢琴的音符一直缠绕，犹如岁月中我们目光的牵系。当午夜的烟火在雪野上升起的时候，你送别的泪不再是融化的雪，被片片雪花扯动失眠时的殷切一起融化在泪泉，相溶相惜。

爱人，你听见午夜的钟声了吗？指尖铺开的素笺是你心底的一片雪色般的银洁。这些年一路走来的点滴落成爱的音符，用刚毅和柔腻的语言续写不朽的永恒。方寸之间的柔软化作梦的轻雪，铺在我折返的征途。

分离的怯弱是短暂的沉默，阳光下整肃的笑意被幸福滞留。当一些琐碎的纠结在时光的背上远去，雪霁后的阳光总会照亮冬天每一个黎明后醒来的梦。那场雪和流传甚久的名曲一样一直依附在共度的光阴，从此没有悲伤的理由。

听到了吧，平安夜的钟声响了，守岁的时间真短暂，祝福的短信疏通了快乐的通道，圣诞夜，我们依然一起在团聚的梦里听雪！

第八章

雨过天青云过处

那条伤痕贯穿着岁月，形成一个无法逾越的断裂带，已经一万年！

用青天的静朗幻化成你的颜，印象中眷恋的青丝始终如我年少的梦里那一瀑流泻。这会不会是经年后痴傻的可笑？那些印记早已经刻在骨子里，每一个漂泊的日子回忆不期而至，蓦然回首时粲然一笑，不知道今生的重逢在谁的午夜里遥问归期。

无法避免记忆的光临，每一个夜晚来临的时候独守的梦境很深很深，直到某个沉湎的午夜一头长发失去曾经的光泽才幡然醒悟。穿越你浓密长发极尽温柔，在黎明鹊起听着不甘离去的足音。

那是不敢昭示的感受，甚至在起床后捡不到离去时一根带着清香的发丝，一夜暖香用呢喃的誓言作陪，耳边的吟唱不再是回首无望的离歌再起。或者，你的青丝染透了我的岁月，写一阙望断天涯人不归后在雨过天晴时念我：那个陪着你半生的人是否把栏杆拍遍，而无人会，登临意。

几年来，用感恩的心留住逝去的记忆，不问夕阳西下几时回。语言决定不了思想的深度，那些梦却决定了今生爱的广度。为了见你，八千里路在所不惜，披一身烟雨在有你的河山做折返的无怨。夜郎月是揽进怀里的陪伴，西凉古国，还有我不能丢弃的疆域。

其实什么都不重要，三千年前就走进的梦境已经无法忘却前世的朝云暮雨，那把伞撑起过流光无痕，只用墨色描摹渔歌唱晚时那一抹惊艳。如果你愿意，生命里的主角永远无人代替！

西溪草庐，古筝的弦还在轻颤，犹如你羞涩的话语在重逢畅饮时沾上的红晕。走过几个春秋，一双素手拨弄的弦音缭绕不绝，也不怕夕阳箫鼓后的仰天长啸空笑我的壮怀激烈。不以情布局，纵然有十面埋伏时的琵琶语在浔阳江头作别，你的孤傲还是虞姬挥剑时那一腔热血染了乌江，等盛唐时陪我再唱《阳关三叠》。

五胡乱华，神州沉陆，水湄之上从此没有你的踪迹，爱的版图被切割，那场灾难在游魂里难以忘却。倾城色无踪，一场姻缘在指间问逢，乱世江湖不见伊人，拔剑的龙吟回荡在天际，青衣少年的铁骑踏破中原，去聆听战鼓消失后的锦瑟揉弦。轮回无序，一地霜色还是不变的旧时月，世间的啼笑因缘都是阴差阳错的顿足，我只要你梦里臣服的俯首，在文姬归汉后不再吹响断魂的胡笳。

云之南，风花雪月太远，地之北，古漠流沙阻不断天涯的路。当秋雨缠绵过最后的秋色，可有那一枝梅香在雪域绽放。入秋时，满城秋色染我征战的金甲，门楣上一支茱萸饰点千年！夜深沉，盛唐的繁华在历史的定律中衰落，寻你，却无法找到一条通往你的路。只能用青丝作为凭证，在宋词里寻找一个梦的突破口。

金戈铁马后的迁徙把安逸的日子打破，寻觅不到的前世只有一句告别的珍重。梦复苏后的凌晨挖空心思去回味，费尽周折，哪一年相识的笑语还在萦绕，尘世里的放纵惹得世人几多嗤笑。

誓言会和时间一起衰败吗？生死离别后的不相逢有空握的手迎接忽视的讪笑，轮回之中的奢望被一次次渲染在黑白相间的方块。今生整理出坚定的相随，背着行囊走遍天涯，腥风血雨后的担当只是自己一个人的坚定。当羞涩的青衫在西溪畔落魄，谁牵挂的泪在七月的阳光下蒸发。

就在某个相遇的节点上，重逢的悲喜冷暖自知。

梦的羽翼飘落，如立冬后北方那场雪，有些预见是不愿兑现的惧怕，只有那双无法放弃的手在盈盈相握时折射眸中的眷恋。如果不是真爱，谁也不会给谁的后来。

翻遍记忆，余生都是一阕带泪的词，所有的格律也填不满心中的落憾。你还是素手描红的女子，有夜半挑灯迎夫征杀归来后百感交集的问候。高耸的髻被相思凌乱，烛光拉长的身影在目光的燃烧里合一。原来，曾经的爱在轮回里早已经排列有序，只有战鼓的催鸣惊醒那一夜深沉。你还有梦中的娇羞，浑浑噩噩的双眼不敢面对黎明的昏暗，恩爱留在枕边，从此后，坚持的幻想在离开后的思念里一瀑青丝未老先白。季节被抛弃得太久，犹如那个时候独守在家乡的时光。当寒露后的青霜覆盖夜的孤凉，林花谢后的春红留下冬雪惨白的表情，昏暗的烛火，陪孤灯摇曳。

战鼓和号角一样占据了生命的主体，所有的词义被思念禁锢后无法扩张，千年的愿在熟识的身影里反复打量，不敢相信轮回的字眼儿。当陌生化为无语，所有的不思量自难忘随颊上的清泪滴落成案前的烛独自成灰。那年青梅初成，你的长发覆额，时间压抑的真情尘封在秋水之滨，关于重复和守望被现实蹂躏，再也无法描摹鸳鸯双飞的图案。原来，爱的疆土是国运的牵连，没有国，再也没有家。离别后的晨起无意问海棠依旧，掩耳忽略帘栊上淅沥的雨声声。也许，谁也忘不掉儿时庭院咏颂的词卷里的浅浅情愁，昨夜风狂雨骤时的残酒还困扰着经年，怕只怕丫鬟的回应被岁月无情地过滤，空说梅红绿瘦！

这一生相遇让一支利剑穿胸，迎风破雪的凛然在时光的破碎里慢慢拼成一幅安静的画面。家的温暖和一个相笑的温柔中不怨离恨几重，生活里触手可及的温暖就在长夜守望的灯下感动着。一首词一丛菊花里的相伴，前世的回忆在今生的恩爱里补暖。

不要再说秋水天长的空茫外谁守着一世孤单，缘来缘去缘又回，那一世征战时打马走过的江南，低眉浅笑的含羞挽起了今生团圆的愿！

第九章
花谢无声

落叶尽，冬意浓，江南的冬还徘徊在一份秋恋中，木叶兮而萧萧，而那份冬情就此安放。

孤晚夕阳下终于摸到寒萧之后的一丝暖意，岁月凋零如花，四季的夙愿最后在初雪时入眠。时间在循环的轨迹里无法停留，更替的季节有你寸步不离的并肩。

总在长夜里失眠，或者因为窗外的朔风卷动了过往的思念，一些梦扯动着你的衣襟在黑夜里纠缠不放，即使有黎明破晓时的嘈嘈杂杂，呓语落成蝶翼上的相思曲而无力谱写。林花谢了，梦里的啜泣如窗棂上的玻璃花一样在阳光升起的时候淋漓，亲近与疏远，时间和距离都用经年的梦来维持生命中最后的暖意。如果有畅快淋漓的呐喊可以随泪奔涌，一生积蓄的感情在谁的颊上改道？你的发梢伴我泪的沾衣，可以留下在梦里贴上你容颜的标记，花开花谢时有不能相逢的恨意从此忘却。看淡了生死离别却看不透红尘俗世，谁低估了爱的承受力，把外表的坚强当成抗衡无奈的勇气。

弦断无人听，宿命总是笑我狼狈，轮回里的苍老被陌生的颜取代，朝如青丝暮成雪只是你的笑容笑成今生无法掌控的凄凉。爱的高度决定于相知的深度，心城里堆满了时间的瓦砾待人一一清理，用一双手共同堆砌爱的城堡。硝烟散尽繁华落寞，那条走了一千年的路，荆棘在脚下蹚出了鲜血淋漓的通途。固然青春时的空念和后来的独守都是一阕词的滴血，当重逢的那一刻依旧悲喜不计。

梦就是最好的栖息地，包括那些曾经停留过的地方，今生寻觅的情意不再有泪的代价和背重的负荷。如果有一天梦像残雪一样支离破碎后被春风无情地瓦解，春燕衔泥时的绿柳承载着宿命的砝码，在相逢的窒息中忘却空气的稀薄。

等待，不再是目光被忽略时讪笑的缥缈，天涯咫尺，素年锦时，得之幸，失之命。纵然梦坍塌在别人阑珊夜的笑语中，我的脊梁还是撑起自己的天地。那时候会有一个人在冬天的角落里给我最真的意浓，把爱的牵扯留在盈手可握的抵暖，流传千年的词牌等你的素手填上这一生简单的相遇的最好。

冬意浓了，思念的泪在冰凌上滴落，错过了几十年，西风吹断的眉弯在相怜的对视里描摹成如今的画面。泪池还我千年的秋水，梦醒处，思念的苍白在喜庆的帘栊下晕染过烛光的红晕。相知恨晚的仄韵不再有灯下磨墨时仓皇的落笔，春雨如绵的时候，一把油纸伞背负在告别的肩，回首庭院深深处，你的清眉乱了案前书页。字字墨痕被离情渲染，思念的呓语在一卷词意收藏，那一年，转眼就是江南四月天。

远行的漂泊在等待时揪心，阳光笼罩的容颜在春夏相交的思念里憔悴，红笺小字写不出相思的风骨，这一场等待在流年中空凉。书卷上可触的余温犹在，一方镇纸也压不住望眼欲穿的离殇。

画面留在等待的誓言中，又是一年，重门深处有青梅竹马的章节在一曲词里成了羞涩的愿。两小无猜的微憨被双亲指定成百年的好合，帘栊半卷，一盏纱灯照影，梅子成熟时，所有的酸甜都写成期待的翻跶。把爱合拢在枕边的书页，相伴的身影在离家之后，再也没有羞赧的拥暖……

五月，花盛，一朵栀子花别在云鬓，尘音渺渺不见归人，脚步常常惊起梦的追踪。字不成书情难遣怀，摇曳的烛火在午夜的静坐里成灰。多少次强制的阖目被更漏声次次惊扰，朦胧的夜再也没有爱的初描。

轻叹轻怨湿了无温的锦衾，人在天涯，只有飞雁传信贴成心口处的恒温暖暖。少年游尽南北地，城上三更行宿处，江南梅熟雨潇潇。想起故乡，多年的游历后颜已落苍，吴酒一杯抵不了青霜挂瓦的寒凉，时常有梦合欢，家书频临，提醒莫把他乡当故乡。钱塘十里繁华，有多少思乡念在《九张机》里潜藏，无人窥视独思量，她的青眉秀目，沉浮一个人的江山。

兰烬落，归期被一支竹笛吹响，漂泊久了，离别的誓言蓄满心池，当一场初雪落满江南，寒江上的孤舟在漫天的素白里催发。寒风撕破了梦的入口，数年抒情的诗稿被相思打乱，等迎接的素手整理披雪的青衫。

乡音未改，相逢时，愧疚被呵责轻颤。长安古道，不知道三千日夜有多少梦恁寄相思。心解愁，不怨离恨，一坛女儿红醉了重逢。爆放的烛花将所有的呢喃淹没，夜色柔和，所有的悲苦不再是冰冷的砚台上一个人的研磨。

狼毫轻点，莺声燕语的表情绽放成雪色的莲花，素袂不再是一个人的翩舞。文字里的苍痕挣脱行行叠叠的引渡，寒夜挑灯时的披衣，让荒芜的日月就此止步。

青丝映雪，银白的雪色是郊外行走的绵软，握温的纤手在寻梅的欢笑里步步相趋，遗恨在謦笑中弃寒。一阕词刻画的模样是故乡湖面上采莲的重欢，素衣展眉的额发下一点朱砂被红豆醒目，渲染相思浓。

回望四季的轮回，从立秋到冬至，那年的桃花又在同行中妖娆。想着那些年无忌的畅游，是不是忘记她独守的堪怜：当一场秋雨篱落，词阙里遗漏的爱被谁填上了盼归的韵律。坚守浸透枕巾，秋蓉上的清雨沁在十月的庭花，醉成几世渴望的贪欢？

若离莫挽只余旧，思念洒在行走的路上点滴成雨，相送相迎，十年明月空照万里关山。词句里翻阅的真情在深意里浅说，多少嗔怨深埋在泛黄的书页。

如今，太多的记忆不再有引颈失望后无声的垂落！

离歌再起，转身时，归程的不定迂回在微笑的表情。爱在重逢的眸中盈落，文字里的落笔拒写君问归期，未有期……

第十章

君犹在 槐花素衣

　　那年冬末，于寒风中去觅取春的萌动，走在萧条的原野上打量眼前的景观寻思一句经典的名言：冬天到了，春天还会远吗？一月依旧被严寒侵占，缩紧风衣中的手，不再把臆想中的春色撩拨，踟蹰的彷徨揉进一个独行的空旷。

　　走过一个冷色的空茫，静静地蜷缩属于自己的一角，回忆的絮语在纸上画满了无人可解的符号。信念未曾丢弃，只是在一盏茶的氤氲里，我闻到了春的味道。杯中的新绿在心中溢满清冽的甘醇，坎坷的旅途中，萌动的希望留在远隔的山川。无聚无离的平常中，一盏心情被滚烫的泉水泡开了希望的饱满，随杯中舒展的绿叶盈动在手心。沾唇的芬芳是入喉的快意，原来，茶可以暖一个冬的枯凉，圆春天的希望，反复交替的困扰随杯中茶色的浅淡后，生活逐渐安静。

这个春天，旧梦已被槐花点缀，坐在临街的茶楼，相逢的喜悦随壶中的泉水翻滚，初见的忐忑在静怡的音乐声里潜藏。尘光最好的四月躲开城市的喧嚣和雨的淋漓，悠闲中感受季节的无忧。而未曾来得及注视的羞颜，在对视后的凝眸中从此清晰。

时光辗转，迁徙的足音在古老的街道上有了反复的回音，一纸心痕视为相知的无欺，相望的目光在尘世里感受有你的最好。心念沉稳了无离的牵系，过往拙稚的思绪从此有了梦的悠长。

字已成书，时光便延伸了暖，展怀的从容在春天留痕，思念的目光留在遥望的轩窗。生活里堆叠的妙语情怀是触目的欢喜，细细体味季节的风情，思念在三月渡了江南的岸。跋涉在南北之间，指尖敲打的信息等待远方的回音。缭绕的烟雾在吞吐的沉思里，描画记忆的欢颜。

旅途归来，站在故乡的湖边，风里有了三月的暖意，心事似涟漪般地漾起圈圈波纹。把相逢足音停留在五月的江南，同笑的欢乐洒满月色下的秦淮。站在湖边，期待的心情和快乐重叠，多年前，我依旧记得雷峰塔下倾盆的雨，苦觅的虔诚随眼角流出悲伤，再无从容地奔徙。一个人行走的日子，无数次站在阴霾的天空下无温可依，当你从容的身影在黄昏后款款而至，春天的步伐和玲珑的身影走进尘封的心湖。阳光照耀醒目的妖娆，槐树花开的季节，流苏般的洁白从此挂满了青春的枝头。余光的背后，眸子里的欢喜袒露最真的心迹，这一季，便紧紧地挽住了你的手。

古道荒原，你不再是我塔前的围观，看你雀跃行走在稀疏的林间，满树槐花，摇曳了柔曼的风姿。四月的风承接旧时的烟雨，在一个遥远的牵系中无悔相随。

此时，絮波轻轻拍响了湖岸，湖面尖尖的荷莲在涟漪中划开一条条清晰的纹路，那些掠过的波痕留下相遇的信息，把错落的遗憾写成今生的欢喜。风中带来了弥漫的槐香，远处的槐树林在身后是素白的柔绵，一群蜜蜂从身边飞过，阳光斜斜地照射在身上，四月的心情随春天一起舒展。我知道今世的坚定在相送相迎中更加沉稳，一切还会像这五月的盛景，一个无人破解的心逢，一颗心在飘香的槐树林，如约常来！

来了，走了，聚了，散了，季节就是一个舞台，万物都在扮演自己的角色。只是我知道来与不来都与你同在，一个季节的转身，你在三月的展望中悄然走来！

季风吹暖，又是一个明媚的灿烂，抛离冬的束缚，轻灵的柳丝在风中翩舞。阳光般的笑靥依旧和江南的天空一样，新桃换了旧符，看静素的颜，绽放四月的素白。

刚认识的那年，君如海棠，雨中的一把伞下有了心醉的模样。从槐花林到海棠苑，那些经过雨水濯洗的花瓣嫣红有序，似湖面静坐的莲台，瓣如盏，丝蕊堪怜，与早春外蜡梅并立。庭院翠染，含羞半绽，细微的叶有清晰的托盏，簇簇拥靠的惊艳一如你当年的颜！那时你也是我海棠的盛开。

一场雨水淡了梅的暗香，一夜春风如思念般地疯长，走近你，眉睫上挂着欢喜的晶莹，水钻般的闪耀留驻了苦觅的眸光。懂你的羞怯，远远地静观，无视轻寒料峭，把不愿染尘的心思无声地留在梦的那端。西府海棠的娇颜留下虔诚的俯瞰，在红尘中随性安然。

将心的归属留与你的季节，灿然的微笑驱了剪剪离寒，槐花笑开了春天，把另一种媚和梦的相宜留在尘寰之上。或许，爱是提供养分的土壤，把根的牵缠在大地下延伸，待牵的手圈出心的围栏。

一个冬天，那些花苞始终保持着心的完整，蓄发的情感悄悄地挂满了渐葱的枝丫。承受雪寒，安然随风，当百花都萎靡地沉睡在雪虐之下，依然在暗淡的时光里养精蓄锐。目光一直停留在这片槐树林，纵是等待的季节焦灼不安也不敢惊扰，坚信某一季你会给我雀跃的击掌。

含苞的蕾在微笑中开合，沿着你鲜艳的渲染与春的脚步同随。抛开一段难以跨越的距离，天涯已是触手的咫尺。青色烟雨中，一个人的路口变成两个人的同往，这一季不去在意槐花被夏风吹散，只因有你的相伴生命从此留在了春天。守在时光的一隅，各自坦言梦的素白，当季节轮替秋尽冬又来，翠衣落满了雪灿，落红的枝干安适在红尘的一角，静静地凝驻。

岁月，在我们的身上留下了斑斓，无念的心淡若槐花，文字中隐含的潜意在海棠上挑染。目光中掠过四季的寒凉，只因为心的相息忽略太多的纷攘，眉色里漾着一丝丝欢意，走过春天有沧海桑田后的恒望。

今生有幸，随你踏着春的节拍欢悦，人生的风景在共鸣中定格。你的天空有花雨落下，展笑的相迎润了生命的枯苍。或许一滴雨也是你梦的海洋，随着花瓣凌空降落的那一刻，时间也在寂然地相爱中定格！

撩开季节的羽纱，看清你半掩的羞颜，爱是生命里一个盛大的开场，相约一个天涯的永远，即使离别无言，心蕊是一根剪不断的红线在远方轻缠。错过的曾经是思念的零瘦，季节转身的那一刻会有我挽留的祈言，发的飘逸是旋舞的风动，把泪的远眺遮盖在垂落的发梢。一场相聚，一世欢喜，绰约的风姿更添岁月妖娆。即使花落如雨，你也是生命里最好的盛妆，点染你唇色的明亮。

离别时同泣，支撑着不舍的信念，梦的羽翼会在季节的缝隙里飞翔。等待不再是一种疲惫，当寒鸦栖枝，孤独扇动了满地黄叶，你也会随一个季节迁徙躲避朔风的猎杀。一起回到那个相携的春天去看满树槐花海棠，这一程我们终于明白了幸福的内涵：只有坚守才可以突破季节的瓶颈，只有等待才可以让欢聚成真。

爱，不再是一个等待的距离。花开花落无须记取，梦里不归，把思念留于春天，待来年，换你一生永恒的明媚！

第十一章

暗香盈 暖了寒离

重逢是眉间堆叠的笑意；错失是前尘过眼的云烟，相遇的目光在红尘里搁浅，从此，思念的笔畅为你的到来写下一段丰盈的相牵。如果曾经的错过是命运的嘲弄，只求今生让目光在时光的天堑搭起可以渡越的廊，随你盈笑的展容欢悦！

对比你少时的照片，青稚的童音依旧回绕在如梦的经年，而我以思念为絮，在每个烟花三月把寻觅的身影洒满江南。跋山涉水的艰辛瘦了唐时明月，瘦了千年运河的漕运码头上摇曳的柳。少时的蓄发只为今生十指的穿越，儿时拢就的细碎在时光的签上划满一道道记忆的翠叠。

喜欢你侧首含笑的表情，也怀念放学路上欢快的雀跃，那份温情融入无邪的童稚中余留庭院。只是那青涩的容貌在离散的季节后冷涩成冬天的雪。

拾起沉淀的回忆，依稀记得挥别时的泪眼。最后一次留影是在高中毕业的那年夏天，走在操场上看你摆弄碎花的素裙，在对视瞬间有失措的神慌。宽阔的操场在暑假后已显清寂，侧目拢发的凝眸间我把你摄入青春的眼帘，一张张拍录的黑白照片在每一次快门闪动的瞬间留下流年的殷切。

少年的情愫在未知的萌动中痴待，细软的足音踏过了生命的有痕，期待有一天把希望翱翔成爱的翅膀，在光阴里圆满携手的心愿。脚下一片葱绿繁衍成岁岁盎然的相牵，那时，你的眉间洋溢了我深深的眷恋，有慌乱，却透出青春的红晕。

你是我生命里的一枚青果，只是在前行的途中错过了一季收获。

慢慢合拢思念，怕在每个夜晚的梦里悔恨交加，生命的绿叶在疾风中枯谢，无由的触痛把残尽的花瓣收藏在泛黄的书页。子夜的梦中重新拼凑你青春的花颜，只是那心头的蝶不再翩跹，唯一铭记的是你浓密的发丝在拂过面颊时忧伤的怨言……

飞越时光的念，无法宽恕命运的不堪，远方的风传递的气息还若你言语的断续。斜阳染红额间的细皱，你的头上十年前披了霞冠。一身如雪的婚纱在紫红的地毯上拖曳，可是你的容为何如初雪般的苍白？

知你婚嫁，竟不知所措地弯下挺直的背，阴霾笼罩异乡的笑意，你们的喜悦成了我的寒冽。风满袖，透骨的寒呼啸成思念的代言，我只能祈祷，递上虔诚的祝福，在无尽的夜里把你的幸福在梦里探望。

　　这样的缺憾写进生命的断章，追逐一个无望的岁月。只是在几年后为何接受命运的嘲弄斩断无奈的婚姻，把未遂的愿重新续接。

　　暗香暖了寒离，期待有重牵的热烈，你依然怜惜我渐苍的额头，枉把痴执苦了孤单的岁月。一切回到从前，素手落定了旧日的牵挽，在这个安和的日子里心事如简，旋荡的世俗流露成眉梢不屑的一瞥。

　　河之洲，水之湄，留痕的岁月描绘了如初的纤婉，一曲楚辞，谁知我路漫漫其修远兮？面对苍天唱不尽阳关三叠，撩起尘世的面纱，同欢的雅奏为何一过千年。征鸿万里，章残词断，你的新颜重新描摹出三月天，化雨的春风催放枝头的新绿，多了生命的清欢。

　　梦残断，用真情续接；尘缘错，有爱意绵黏。温暖将柔情驱离塞外寒烟，天涯万里，冲霄的豪情在归来的行程中，坚定一个有你的信念。

　　晚来天欲雪，围炉煮酒，雪绒铺盖了远山的沉睡。银白色的雪在绽放的寒梅里衬映了妖娆的媚，原来，你还是我如梦的初颜。季节无隙，交替匆匆，满山的姹紫嫣红留作春的背景，斑斓的叶点缀你五彩的多姿，那份静好铺着了心暖，为这场挥洒的雪意留白。就这样打理身边的时光，初颜定格成一道靓丽风景线。从春色掠过的眉尖到相知的那个秋季，欢笑如山花烂漫妆点了旅途的旖旎。走近，拂尽尘世落尘的喧嚣，在惬意的感怀中你的身影于渺茫的水色间润染了心动的媚。

　　翻阅青葱的日记，往来的岁月沾满你的气息，归来去兮，一弯碧水潋滟过心的涟漪，生命的本色被你的青春涂抹了琥珀般的亮泽，年轮的饱满中刻下深深的痕迹。把希望包裹在雪意盎然的枝头，霜色落蕊的萧瑟中相挨的心思蕴成含苞的蕾，一场初雪的来临，素白的天地披一件春的盛装，晶莹透彻的含笑依然倾城。看你的娇娆，聆听你的疲惫，黑夜不再空洞憔悴地等待。

为眉间的一抹雪色沉醉，纵是苦寒，你的温暖是春的卧眠。唇角扬起的酒窝艳似梅朵，在凝眸的注视中绽开了芬芳的蕊。纷乱的足音没有惊乱我的专注，静谧夜色下把融雪的意并肩！

轻寒之上，点足翩翩，一起走到这个季节，掌中握紧羞涩的微颤，敛眉低首，柔软的手传递了动容的心跳。一份相拥等了多少年？浩瀚雪原只是一个人坚守的舞台，丰盈的季节盛开一世的娇艳。四季更迭等待临身的暖，相思铺就人世的康庄。

岁末，百草折腰，青葱不再，生命在红尘的断崖有了攀越的执念，深情的眷恋温润岁月的凄寒。江南细雪飞洒，燕山绵絮如席，一场铺天盖地的冷暴衬托了娇娆的真容，飘洒之间粉饰你洁白的婚纱，在婚姻的殿堂上如缎的拖曳。用时光编织玲珑，垂顺的发梢牵缠千古的挽留，丝丝缕缕拂过梦的留香。冬雪的绮色是江南第一抹迤逦，薄冷的雪融翠了眉间的青黛。凝露的睫毛闪惑，唇音轻吐出三生的恋，乱而有序的呢喃醉了心的期盼，雪色在无声的掩盖下寂静了一片有你的荒原。

梦不觉晓，春至，把雪的洁白融化成一溪欢畅的山泉，江南的春会因你翩然的归至盈盈成满目的精致。草长莺飞，漫步阡陌，青丝上的玉簪辉映了山水的流碧。越回廊，凝相望，柔眸中依然缠卷着暗香的丝蕊，欲语还休，颜的娇娆生动成人间四月，守护着一生的怜顾，酒窝酿造相聚的倾醉。

记取一生的好，不再寻找花开的绚丽，愁绪暗剪，入世的心守候一朝迎握的相牵。山峦叠翠云水间，温柔染尽眉梢盈泽的相招，只为少年的记忆把今生的幸福，落在你回眸的眼帘！

第七卷
痴心化作旧容颜

第一章

痴心化作旧容颜

凤冠霞帔，喜乐声声，一顶花轿接走了所有的希望，也掩藏了轿内一个人的表情，你心甘情愿地嫁，在谁的后悔里成泪。此时，思念的苦寒在故乡肆虐，江南，还是秋末的余暖。苦苦念你冬天那一端的荒凉，只希望雪融后的斑驳被春意填上望春的心事，再也不嫉旧时的缺失。

少年时，一曲词里言说爱的忧伤，从婉约派到花间词，朱颜已改的词人把失去的河山填补成黑色的韵律，故国不堪回首，再也没有一个迎笑的探怜。高楼望断，不忍的回首在泪泉里柔软，浸泡了孤单的岁月。

旧时上苑，昏暗的烛火被冬雨熄灭，逝去的繁华在悔恨的词曲里昭然若揭。流离失所的悲叹都是碾过心底的重墨，深宫后院，垂泪对宫娥时的泼墨挥毫也画不出一个江山的完整。

那时，分离后再也找不到失散的容颜，冬天到来时在采石矶上给一个可以逆流而上的理由。你涉水而来，千年的守候在寂寞的书页里去翻阅可寻的凭证，堆积的词稿安静地躺了一千年，原来，所有的欢喜都是因为今生的遇见。

想象着，微笑相迎还有故时的熟稔，思念的冷香不再隐藏，梦魂里的花月春风是写不尽的短语长情，多少恨，随一江春水向东流。

你有踏雪的轻柔吗？更漏被滴答的钟摆代替，长夜的孤寂却始终无法摆脱。枯竭的砚台没有新墨，铺开的尺宣犹如一条白雪皑皑的荒原。或者，狼毫点下的梅朵就是相思的咯血，小心地掩盖着失态的慌张。只是无人再会把一方丝绢罗帕，捂住咳嗽时剧烈的倾诉。

无法渲染时，心字成灰，绽放的梅花被描摹在珍留的青花，成为千年燃烧的陶土上梦的点缀。是以，痴心不再荒废，誓言被写进历史的那一页，等有缘人用心翻阅后朱笔的圈点。弱水三千，寒江苦渡，谁还藏着那本泛黄的词卷寻找失去的轮回。纵然多年后在眼泪中明白错过的不再，有一种爱，真的会前赴后继。

这一季冬雨就这样在江南洒落，迎风破雪的身躯化为江边的礁石，等惊涛拍岸时的一串音符奏响阳春白雪。你还是我的孤独之雪吗？或者就是天山雪莲攀附在苦冷的悬崖，当雪域的蓝天下白云飘过，素指叩响了沉重的心门。几世的爱恋不再是嘴边的吟哦，日暮乡关何处是家？仓促地相遇谁敢再任意挥霍。把心在梦里安顿，捧起的雪颜还是旧时相识。这阕词，抒写着重逢，不喜于遇，不伤于离。无论谁在词曲里模仿古老的故事，都还是那副执着的表情，你不离，我不弃。

想起失语的告别，有多少委屈在无奈中妥协，放弃的快乐被浓墨浸泡，奢望今生重见一个惊喜的眼神。当酒醒时分有你捧盏的茶香，这场冬的盛宴在散席的拥抱中期待下次重逢的笑语惊落眼角的喜泪，挥手时，心被天涯俘虏。

痴心为你，这场雪就是那素净的颜，多年后白发覆额，依然会念叨：今生有你，真好！

守候了很久，有望眼欲穿的痛，昨夜一场春雨无声地滴落，在静夜下的檐奏响曼妙的音符。温度随之而降，偎缩在这个早春的料峭里，唯有案头的梅陪我寂寞。

你那里下雨了吗？第一时间就有这样的念顾，江南的雨淅沥而缠绵，丝丝缕缕湿了远方，碧了阡陌。曾以为一季的干涸春天就会枯竭，干涩的冷会延续到春天，草木被龟裂的土地撕扯着，盼雨的期求在大地下无声地呻吟，何日能用葱郁的苍茫饰点季节的荒凉。

爱上一个季节，只是一个简单的情愿，即使有抛离的怨怼，只因为这份喜欢而无悔。希冀放在天地之间，无声穿越时光的缝隙。独爱早春的雨，虽然有寂寥的愁也带来出行的不便，但是总想着雨过天晴后的户外桃红会迎来盎然的丰盈。杏花，春雨，江南，*潺潺细雨泽润了谁的眉尖*？和春风呼应的寸草在转瞬之间就绿了天涯。

早春，无法比拟秋的斑斓和夏的热烈。当秋风卷了残红，谁奈朝来寒雨晚来风？元宵夜的灯笼未来得及摘下的时候，你便在神往的凝眸中用雨的缠愁，风的剪剪，挑染了空蒙的青黛。

重山外，孤城人未还，江南的雨沾衣欲湿。风儿湿暖的雨丝竟如那细细的发丝缭绕了季节的情愁。阑珊的春意吹醒梦的潇潇，罗衾薄，难耐五更寒，谁把一个季节的传神留给了逝去的冬天，在清明到来之前泽润梦的荒原。

春风知别苦，不遣柳条青，每个轮回，青春变成了一封无效的邮件。记忆中重新添写一阕新词，当风卷起记忆的页面，我把旧日的桃花笑尽了春风。那时候，一切都不再是枉然的眷顾，深深地贪恋了这个季节里你软软的意柔。

一切都不可抗拒，春的象征在几场雨后更加明显。离草见碧，枯荣有时，一片新绿终于又翠了江南。那是大自然神奇的手吗？在无形之间挥动了巨型的画笔，把一个生命重新渲染了灿烂的夺目。细叶新裁，季节有了归属，岁月中摇曳的纤影投射了余寒下阳光的斑驳。如果生命轮回里的一个序曲，那么，和风细雨就是你唱响的前奏！

春草有情，山野含绿，不再追问光阴里走过的坎途，你的青春你做主，只把内心的感触随一季留痕。去年的花语早随东风，曾经的过往只是寒灯下剪烛的细读，等春天真正到来的时候，看你旧颜如初，才知道这一切就是心间无声的抵暖。学会等待，相信一帘细雨会润了大地的苍枯，季风提点你的姹紫嫣红。堂前燕，承载了梦的等待，柳叶的翩舞伴梨花如雪，把梦的荒芜，悄悄地填补。

那一天，看你青丝如瀑，半阖地羞拢了霞灿，羞眉暗舒，这就是尺素里最好的落墨。

有了你，风也把住了春的脉搏，起伏之间有留尘的相守。春如旧，不言空瘦，冬的尾声里，我把焦灼轻轻地送走。

柳色新，细雨轻尘落，桃花流水，尽随满园春色。时光的流带不走岁月的醇，春天就是我快乐的缤纷。从未感到你的离去，只把时光的皱褶随你的快乐轻轻地藏在了额间的沟壑。

听雨，在窗前凝目，等天气放晴和你一起在红尘中独舞，目光的潋滟媚了江南的水色。拥抱你，我久待的春天，哪怕转身之后是长久的分离，你一定记得这一季的陪伴从此泊满了心湖。

你还是春的欢呼，纵桃李无言，也把留恋停在你柔软的枝头。沉浸在这份温柔的季风里，心与你相近，沧桑的年轮磨砺了坚韧，微笑的从容换做岁月悠然的行走。

第二章

破　城

那一世，我在"淹城"外拔剑长啸，用胸膛挡住射向你的箭雨。

这一年，你用水的灵魂，成就我如梦的江南。

"东夷"部落很远，早淹没在几千年的历史长河中但没有被人忘却。"周王"破城后，我的灵魂飘荡在江南三千年。一片湖塘随金戈铁马沉寂，归乡的子民还是择水而居，而水城的西门，是我此时相思的通道。

梦有出口吗？游荡的心过了几世，你是否依然封闭着沉潜的心事。江南的景色被人贪看得太多，谁能想到湖塘镇外浑浊的水面下有我苦苦挣扎的灵魂。没人看见那一世彼此的垂泪，素衣如雪的女子在转世之后，是深入侯门还是嫁作了商人妇。

痴傻地用记忆保留你葬夫的悲苦，也在桃红小笺翻阅过吟哦的专注，寻觅前世未了的心愿。

寻着暮鼓晨钟里夕阳的萧瑟，踏着那条尘烟飞溅的旧路，是否能找到相遇的路口。

如果故国还在，这一生还可以沿着不弃的诺言在轮回中等候。容相里隐约的相似和青丝里散发的气息，在走进时轻易地识破变相后的苍浊。征杀归来的庆功酒醉了夜晚的篝火，搀扶的幸福跟跟跄跄。侍我与城外的女子，眉弯如月，不着脂粉的清颜贴近酣睡的缱绻。

可惜，身未老，魂断沙场，胸腔里飞溅的血花在乱世里喋血。不再担心颜苍而生弃吗？如果相遇，一定随你隐世，在江南的山野做一对普通的农人。

苦觅的相逢湿了泪眼，望不穿的相见在一杯酒里遣散悲凉。灵魂攥在手心，有风无雪的江南，一坛埋藏千年的女儿红，有你出嫁时喜色的招眼。

夜，依旧空旷，秋的暖阳积蓄重生的能量，有风的地方就有你的呼吸。天地如此之大，何时能看到那双熟悉的眉眼在相遇时不再生凉。

你知道我在找你吗？你的眉砂我的箭痕都是彼此相认的标记，莲足，何时能跨过阻断的千山！天宁寺的佛音把你带到祈福的山门，点香，叩拜，听到你在佛前祈祷的真言。灵魂有了着落，在你笑如朗月般的颜上辨认前世的痕迹。很想拥抱你只影的孤单，牵手走向我们前世赏月下的莲湖。

你看不到我的存在，忧伤在强作欢颜的唇角隐藏，重逢的刹那心中难以缓释癫狂。如果可以，让我陪你今生到老，哪怕你已是半老的徐娘。素手抚我万箭穿心的疤痕，如果那样，我的鲜血也没有白染你那年痛哭的呐喊。

城破，魂断，谁是我前世灵魂的依托！

轮回过后，又是一年冬天的到来，炫舞的叶偶尔扑在玻璃上，轻似那年你一声声呢喃。这个秋啊，在寒露过后的一场初雪里即将隐遁，只有那片细碎的雪花撩拨着记忆的清寒。当一场秋雨涤荡荷塘夜色下唯一的残叶，那场雪能否圆了这经年的愿——在寂静的午夜成全。

听风数雪是浪漫的初成，那年在常州时倚窗的瞭望，天空里阴沉的元素随细碎的雪花突袭了十二月的天空下行走的我们。你似乎忘了寒冷，只是自责着江南的天气并不像我口信里传去的温暖，没有把那件御寒的冬衣携带。

在雪中抱暖，散发的体温是否能真的破雪，我还是穿着十月的秋衣，在秋风里恐惧即将来临的告别。天气已经沉闷了很久，寒冷蠢蠢欲动，冬天的身影步履蹒跚。当一场青霜打红了槭树的叶，故乡的芦花在晓寒里翻飞。来往的人群都已经着上厚实的冬衣，谁会在意我们风雪中的单薄，用贴拥抱来驱寒。

日子过得很快，转眼又是一年，时间如白驹过隙，用回忆来抵御风冷。一季的风雪在盈门的时候迎接我的归来，跋山涉水的艰辛在一碗红豆粥里生甜。

晚秋来临时，你早早地去超市买了腊八节里需要的杂粮，细心筛选的红豆晶莹得耀眼。一直想象着那个冬天去湖边折取雪白的芦花，在共度的春节把快乐打点，冬夜的漫长有雪霁后的阳光争暖，青花瓶里摇曳的芦苇花衬映你的雪颜，在来来去去的折返里品味思念的酸甜。

我开始注意岁尾的气象，把团聚安放在起点的站台，你总是安慰着不要焦躁，十年的时间已经没有长短，而我却不能听从内心的使唤，一次次把快乐的喜庆在文字里循环。守候很重，重得像压弯枝头的雪，不再需要把别离的得失去掂量。

起风了，树叶在灰沉的天空下起舞，思念真的可以和寒冷对抗吗？当北风将思念掀起，凛冽的风刃是否多了削骨的颤。电话里的叮咛在腊月里不断，呵手的惧寒有你的温暖才自诩坚强。抛开春夏里难熬的白天，黑夜掩去白天的微笑，那时候才知道内心的强大也抵不住寂寞的孤冷。

干燥的秋风榨干了相思的水分，蜷缩在寒夜里的人每一滴清泪都可以化雪。只是我不知道这些年来有多少外表的坚强经得起黑夜的折磨，告别时的容妆在泪水面前不堪一击，那些场面足以让人在天涯也生疼。

冬天有多远呢？人在天涯，心不再独居，冬天的记忆有据可查，雪落寒梅时的芙蓉醉随一枝梅香笑雪。你还在北方问暖吗？故乡的那片芦苇荡总会有一片雪海里的相望，一片浅滩从少年的记忆起从来没有枯竭，只是秋重时却少了江南的温翠。当我离开时的脚步在频频回首后驻足，一阵秋风的柔声挟裹着冬雪的前奏在不久后覆盖了梦的江南，那片芦苇在寒风的猎杀下，匍匐在你的水湄。

期待着冬天的来临，用相机去捕捉季节里久已眼慕的心仪。细碎的雪花在街头上融化的瞬间，江南的这片雪色在一江寒水上蒙烟。银白色的场景不再是你北国的专属，当远方的脚步在纷扬的雪花里蜿蜒，思念的伤口早已痊愈。

看着天气预告，很想在这个晚秋里陪你去北国听雪。我们搀扶着幸福一起走过那些年艰难的日月，已无须在重返的时限里把忧伤对接。

这一年，我在淹城外陪你听雪！

第三章

云绝数峰青

每一次路过华山时总是记得那天的炎热和夜晚的月,如水一般的清辉平静得让人的思绪不起半丝涟漪。只是夏季过后,一场秋韵在眼前迭起,撩拨着回忆的点点滴滴。

中秋过后,季节已变了脸。长假时我躲在陋室只是为了避开江南秋林里的阴霾和雨季。日子依旧消停,却少了一些可以让人心情激动的元素。不见秋阳,不见归期,只让夜的黑陪纵容和奢望的笑意入心。

去年十月的菊还在古朴的园林里盛放,兴庆宫与拙政园有太远的距离。窗外的烟花和爆响的璀璨用刹那的耀眼宣示团圆的欢喜,一片焰火破开乌云的笼罩。只是,一曲人长久已经断弦,只有浊酒一杯浸满一轮思念。

那个中秋，华山险道上高悬的月色被拢进怀里成了天涯外的把酒问天，明月常在，却寄愁心与明月。我记得你理顺衣领时的叮咛，也为告别时的醉意拭去眼角的埋怨。当手机的铃声提示登机的时间，晨光里的温煦带着十月的不舍把泪眼的凉意滑过素颜，乘风离去时，你还是我的琼楼玉宇。

送不走告别的凄然，总像离家的孩子般依依不舍，一次次告别，你总有哭泣后的委屈欲说还羞。害怕看到这样的岁月在中秋的月下窥见残缺，只是很少有人懂得那些嘱咐都隐藏在十五的夜。一片月色有清辉破云，离别的笙歌让拂晓都躲进厚积的云层。当午时阳光明媚，机翼掠过了钱塘潮水的咆哮，飞溅的浪花沾满幸福的旋律，今夜，我在江南和你同时望月。

时光里，团聚只是告别的开篇，写下的墨痕被时间无情地淡去，只是你不知道中秋夜的思念被一双手锁住了一份锈迹斑斑的轮回。心声在彩云追月的青春里出逃，一生的誓言刻在那把同心锁上，挂在西凉月。

不在文字里添忧，独坐月下寻趣，慢慢地回忆十几年来一个人的望天。裁剪的月色被夹进书页，目光如月缩短无法逾越的界限。同在一片天空，少年的颜在一片荷色里令人艳美。纵然秋后的残荷铺满浅色的霜，我们的未来终究是无法勘破的棋局。

月落乌啼掺在柔软的年华，凉州月，是否还在那一池荷塘的寒水中霜满天。寒江秋苇，一倾月色沉淀，湖汊上的小舟有你摇橹时划动的涟漪在身后扩散。你还是三秋桂香下采月的女子，把遥远的呼唤在渔舟唱晚的琴曲里破云，而彼此的念，亦不再是清风明月下文字的抖颤。

曾经的分离让我们成长，词殇里的顿挫，不问今昔何年。破了岁月的局，声、型、动、意，一个破字，岂止石破天惊逗秋雨。

一个人的空寂，时间在寂寞里滴答。我喜欢寂寞这个词，甚至也喜欢寂寞带来的思索，因为人的身体不动的时候，思绪确实最为活跃。闲坐时看到"石破天惊逗秋雨"这句诗时，忽然地触动了灵感。那一个"破"字，带着刚劲和果断，犹如破竹之势，一下便把我从安静中惊醒。

还需要在那月色下沉湎么？少年的相遇无法在未知的结局去描摹斑斓。时间给我们很多机会，就像那一天相遇时友情的坚定和爱情的丰盈。秋天除了中秋月下的回忆，也给了雨更多的缠绵。那是季节付还的利息，从天街小雨到腊月飞雪，我还是把一切美好的镜像执拗地留在一段岁月不能抹杀的界面。进化的爱情有青梅竹马的羞涩，就像一场意外的雨突如其来地降临的午后，你鬼使神差地在我的头顶撑起了那把伞。

那把伞是灰白色的，像天空的云，流动的情愫覆盖着四月的志忑。措手不及的表情很像竹林寺外雨后的桃花，鲜艳欲滴，滋润着少年的心灵。

多年后，还是记得那份娇艳，十八岁的花季融化了心底的甜蜜。我坚信那是友谊的开始，却奢望光影中的故事还有那日天气的重演，让自然的行走融洽成怯怯的欢喜。你迷恋着雨的味道，不如说是迷恋季节里散发的青春气息。季节和生命一样地饱满，少年的情怀却没有邪恶的欲念，风轻轻地摇晃着运河岸边的柳，那时，你的容姿却坦荡无比。

多少年了，我还独自沉迷那个季节里带给我的一切，当夕阳西下，我还是我，你还是你！春红谢过，夏花灿烂，时间沉淀的悲欢在我们漫长的日子抒写无数的悲欢。当秋雨连绵的江南风还有偶尔的温煦，心中的沉疴被一场雨后的彩虹破局！

爱情和友情，究竟该是如何界定？

我该在此时去怀念么？逝去的已经无法挽留，我该在今天把昨天去对比么？比较会让人更痛，因为有些无奈会把仅有的快乐伤及。爱，是一种简单的幸福，当快乐被痛苦的折磨强制背离了爱的初衷，生命里的风雨席卷了你我的曾经。柴米油盐诗酒花，婚姻和爱情总有一个距离里的缝隙，人间烟火味的真实往往不及浪漫的虚拟，而我们都不会沉溺——沉溺在海市蜃楼的胜景。

你说，喜欢争吵后我认错的宠溺，婚姻就是在流泪的幸福里天成，爱情的真空被纷杂和现实填充，总比抓不住的海誓山盟更有安全性。空中楼阁总是美丽，就像那场雨终究被阳光蒸发掉带雨的云层，那是先人创造的词汇：雨过天晴。

人生总有破不完的局，当青春的梦幻被现实无情地打破，爱情有时候真的无能为力。我们感动着那些可以让心灵柔软的情愫，却忽略了身边实实在在的点点滴滴。当一场秋雨一场寒的萧瑟迫不及待地穿山越岭涉水而过，这个十月的月下中秋变得那般可爱；林花染霜，风也吹干了思念的泪。其实，我知道那不是季节的无情，只因为这个仲秋的冷意还有阳光的暖意谱写春的序曲，快乐在仰脸的瞭望里落笔！

第四章

生活在别处

那一场雨错过了中秋，对影成三的吟唱却在一轮明月里寄心。屡屡收到节日里电话催促行程，而秋夜下的凉风掀起单薄的衫，那一夜，我病倒在月圆的孤窗下。

秋凉里望月，对于生活在别处的我们却无法不在距离面前怨怼。看着节日的烟火在天空刺破黑暗的耀眼，只是不知道，瞬间的光芒到底能投射多远。

这样的中秋比以往更难熬，甚至觉得距离让电话里的声音都产生了音差。远乡的孤寂没有一条可以直达的捷径，一条信息，一个电话就成了节日里所有的幸福。小时候那轮明月被一口口咬成缺月的模样，彼此的祝福变成相拥的奢望。

你曾说，没有飞不过沧海的蝴蝶，如果有，也是它们的翅膀不够坚韧。少年的梦想和外婆口中的传说一样，只是当我们深涉红尘沧海后，有一种传说只能在一本连环画里翻看。长大后你还咏诵着但愿人长久的痴愿吗？循规蹈矩的日子描绘出人间烟火里的一幅画。画面上的身影早已经成熟，浪漫的背景，是柴米油盐酱醋茶。

季节是不分界限的，犹如思念不分年龄一样。多少年过去人们都忘不掉心中亲情、爱情、友情的记忆，而你我的传奇，只是江南海北长相忆里的一阕断章。很多人在一个屋檐下，心却在别处，而生活在别处的人呢？却把两颗心挤在一个小小的空间。爱的简单压缩在共同的守望中，抒发在黑白分明的诗行。

本属于思念的季节，何必再有佳节倍思亲的吟唱。你是我生命里一个独特的风景，悲欢离合全程陪伴，执掌今生完整的生命里各自不可缺少的一半。当每个季节探亲假到来的时候，"度日如年"的焦灼让人深深地生出了恨意，这样的词语，很不适合此时闯入视线。

总是希望我在最恰当的时候归来，好比那一次次怄气时我恰到好处地转身赔笑。离开杭州时，莫名的愁怨让一场雨火上浇油，摔落手中擎起的伞任由雨水掩盖泪颜，雨水在秋蓉的瓣滴落一次次告别的心疼。

我们还会一路同行，你的好终究是一辈子避雨的屋檐长久的温暖。时间无情地走着，岁月依旧温和，虽然两地分居，我们都有时间和机会走在相同的那座小桥上，走在青石板铺就的小巷。四月回家时，买一朵栀子花别在你的发卡，让十年前的欢喜一次次浮上你的眉睫。

生活在别处是一句无奈的分离，内中隐藏的心酸让思念更具备活力。你还是雨中的新荷，花中的仙子，任时光冉冉。这个中秋夜，你的祝福如一地摊开的月色，照我归乡的路途。

沿着你的足迹走向阳关外那片冷寂的边城，唱着《凉州词》里一首苍凉的古曲，安心等待梦的到来时走近的身影。当你的青春和我的苍老一起糅合在文字，交付的今生一起刻在未来的墓碑，那是再也无法分开的世界，两颗心就此相拥而眠。

生活在别处，目光里总有一个恒定的标尺。我用尽执守缩短不可跨越的距离，纵然有一种结局不能如愿，尘世中未了的情节在华发骤添的月圆时，呼吸间还有你我不能忘却的誓言。

生活在别处，生命一样辉煌。

收到你回家的信息，心中最初的惊喜很快被你的快乐心情所感染，也无法用语言表述一种雀跃。这一份距离中，唯有相慰的手挽起无法言及的情感，那是关爱的目光延伸真诚的漫长。

人生很短，有些磨难和悲伤总是来势汹汹，我们没有来得及去向谁解释什么的时候就瞬间便被击倒。转眼四周，竟无人可以去理解那种痛，只有颤动的指尖将心事诉于天涯，泪的滑动，轻轻覆盖不敢触碰的伤。

曾经众多熟悉的面孔早已模糊，曾经熟记在心的一些数字也变成指尖的犹豫，在拨动的停滞后，却没有勇气按下那个绿色的发射键。而你记得遥远的江南，有一种爱在心底溢满。

曾经的时光在无声的岁月中早已浸染在素年锦时。故人逐渐疏离，相遇的从容里我曾用安静的无扰把你所有的欢乐静看。那是天涯外的安然，在岁月的河床上涌动心底祝福的浪花，看你的优雅，分享指尖上从容的诗行。

初年，从红尘相遇，快乐的天真忘了流年的沧桑，指尖轻点，在黑色的键盘上落定无声的心事。清秀的身影成为江南烟雨中那一池清荷，馨香不散。少年轻会复轻离，一些眉开眼笑的欢悦在等待的季节里，渐起波澜！

三季已过，青春的颜却多了年少的羞涩，梦里的地久天长在一季春风里笑成我的人面桃花。多年的守护，心思逐渐婉约那一年烟雨中的油纸伞，浅淡的思念透明成天外的水色，在湿淋淋的时光里奢念最真的相见。

夏天来了，焦灼的念更加浮躁，素年锦时，另一种目光夹杂枯苍的等待延伸到了天涯。或许更多的期盼中，用手搭起夏日的绿荫，在退守的瞭望中独自担当。总是担心与你相遇后有一种阻力堪比水阔山高的艰难，分离多了，便有了相聚的渴望。那些设定的未来无法用季节来转换牵手的相约，尘命无定，我把梦托付在山寺的佛前，为五百年的祈祷而愿成。

遥忆秋的相视，温润的语言拢聚了信念的不散，懂了我墨色里的潜藏，便用心越了俗世的藩篱。青丝若心蝶的翅，舞起破茧的美丽梦想，三千红尘，你用激情的飞扬找回前尘的错落，足音带动了紫衣的翩跹，在千年的古城伴我尘落尘起。

一醉贪欢，三生七世的轮回却在宿命的浅笑里无语而多难，临近的夏日，春天温绵的惬意此消彼长，而阳关外的风沙卷了归途的漫长。竹林寺外步履踏成沉重的鼓点，似佛乐里浑厚的梵唱，花褪叶碧，心中的青果在一曲洞箫的幽怨里长成最初的愿望。

等待着，拭去字里无痕的泪妆，太多的懂得不因沉重而心寒。苍朗的目光，相信你还是我生命的最好，纵青丝染霜，也不因离哭碎心而断了完整的信仰。

一次次地行走，记录今生离合的悲欢，无须逃离宿命里得失的衡量。只是，某一天，你是否忍心我在雪山下，或者是在山野的荒寺转身给你合掌的祈言。一身袈裟替代尘念的浸扰，相绝于红尘后尘身自灭！

其实生死只是一念，这些日月，你带给我生命里所有的静念与热烈。或者，我用墨渍铺展缠绵后的隐没，用脚步丈量天涯的孤远。溺水苦渡，那个长发披肩的女子不忌路上前行的坎坷，无忌尘间的流言蜚语，用磐石般的信念在同行的风雨中相担一世艰险。

情已超脱，这个夏天，文字里演绎的纵情，描摹自己的风月。我知道，今生今世，在古老的寺前，一定有你，挽我于佛前最后的临香。

第五章

风中瘦衣

七月流火，九月授衣，一场雨后忽然地感觉到夜的凉。蜷缩的身体寻找可以御寒的暖，却发现孤寂的身边只有一个靠垫在枕边。抓过来贴在胸口再瞅瞅未关的电脑，才是凌晨四点。

不知道秋是什么时候来到这个城市，从北戴河回来家里还下着雨。听说从八月走的那天雨就已在不停地下，喜了盼雨的人，却烦了厌雨的一族。毕竟，整日的阴雨连绵给工作和生活带来很多不便，房间的潮湿腻腻地让人心烦。特别是送孩子上学的家长，在叹息中埋怨：这天，什么时候能晴啊。

雨，是云的哭泣吗？那时候我还在海滨城市去闲逛，走街串巷像一个懒散的庸人。傍晚也会坐在海边，看各色的游人在大海边嬉笑，无拘无束地享受这样的季节。

海滩上，我只是一个静观的游者，风吹起了我的瘦衣陪伴远处发的飘扬。那是赶海的欢喜，目光停留在礁石上，两个女子全神贯注地用诱饵钓起在石缝里青红色的小蟹，一阵笑声传来，惹了游人的眼。

慢慢地踱步走近看着她们钓起的小蟹欢喜的表情，目光给我传递了童趣的盎然。鲜艳的裙裳和海蓝形成了对比，这是台风过境后难得的景象，一种平静在心底悄悄地蔓延。多姿的人群里，哪个是你我一眼便可锁定，用镜头收集时光的影子，留下这一片蔚蓝的痕迹。

去各地旅行，却总是走不出一片烟雨，春夏秋，潮湿与炎热共存，却难以摆脱心中的寂寞。每一个城市的街头，夜晚的灯火把我的背影拉长又缩短，可那时心中所希望的是把现实中的一个距离永远地拉近。那一夜，我就站在一个街灯下，看着孤零的影在脚下一动不动，嘲笑着我的孤单与执往。直到夜幕无声地把我吞噬，其中，也包括内心的叹息。

很多人不明白一个人的旅行的意义，灵魂流放在足音叩响的街道，山野，想用怎样的悲情来诠释和证明这份奔波艰辛。我想去的地方太多，甚至已无法停下脚步，害怕无孔不入的寂寞和孤单，在时间的流逝中消耗了我的豪情。

沉默的表情中，向晚看夕阳，风中的瘦影用希望填充空洞的眼神。谁能理会那一刻细微的感受，我只能与旷野对语，或者把真言和思念说与自己听。

时间久了，很多事物会沉淀，沉淀到淡漠的地步。置身于异乡的土地，感受不一样的风情，我护紧的还是心底的一丝暖意，竭力在一个斑斓的梦里不醒。红尘如渊,我和众多人一样地挣扎,总是想抓住属于我的那一点可知的未来。幸福的归宿在文字里象征成盛景,那就是我心中的城堡,在你兑现的明天,安放幸福。

可以忘记吗?走过的路,流过的泪,甚至包括青春都不属于自己的时候,时间里还有什么属于我们。流年的沧桑是一本书,里面写满的斑驳有时候竟不敢翻看。思念会攀附在每一个字行里,带来隐痛和折磨,却坚信有一个美满的终局会成就在相守的过去。谁也无法洞穿和看透,更无法预测明天以后一些誓言能否兑现,可我用坚信击败任何的疑虑,用快乐消磨痛楚。生命的简单,在彼此珍重的挥别里等待,默然相守,寂静喜欢。

青春散场,用希望留驻光影中的坚贞和美丽。流浪的天涯,我沿着目光指引的路在风餐露宿中享受阳光的照耀和风雨的侵袭。像一棵枯苍的树,在一场丰盛的雨水后,用绿叶陪你的盛开,缤纷一个又一个春天。

我收藏了盛放,在每一个季节开场的时候相依,相逢在开花的树下,丢弃生活中的颓废心情。如此这般,我相信一切会更好,因为有一份浸入骨髓的信念可以共暖,纵然是无可救药,我还是行走在一个开花的梦里!

第六章

滚滚红尘，来去自安

我用目光投暖，不再错想心中的期望，我用盛夏晚秋，拥抱冬冷与春寒。不择路，不慌张，用文字填满所有的悲欢，即使有一种落幕散场，也随时光穿越在凄风寒雨和艳阳高照的朗空下，留梦牵挽！

与友相识是偶然后的惊喜，浅淡无忧的初始有牵无念。偶然后的必然，很浓，很深，在每一个有你无你的时候牵绕红尘三千。

喜欢紫色，源于少时那些单调的颜色中一朵牵牛花，那样的惊艳带露含羞，卑微地开放在儿时的心墙。春秋无痕，时光就此在梦里轻跃，带走了少年，留下了永恒的不变。

无从想象未知的过去，一朵花的艰难与成长的艰辛，或者没有人去在意一个花开的过程，看到的只是呈现的缤纷与娇艳。我在青葱的寂寞里去聆听那些声音，伸手，抚摸，感叹，去追寻阳光与风雨后挣扎的痕迹。没人在意谁生命经历的艰难，只有在展颜的惹怜里，被目光引视，一些热闹纷纷临场，忽而唏嘘，忽而雀跃。

我曾是一名观者，没有在喧嚣和非凡时赶场，更多的时候，用一支箫声伴清风明月悬挂在你轩窗外的帘上，静默，无语！走近，看清了一些叠瓣上落尘的无奈，其实即使佛身，也难免离开尘世的喧嚷。绾过的青丝在松开的指间滑落，用心疼和爱恋掸去肩上的落埃，这是偏执和喜好留在最初的感动里，自此不厌。

停留在相逢的惊喜里为那一世久待的许诺，转山转水。尘色难压身，一路有你，我身似惊鸿，你踏水凌波。三月草青青，那一季就是相逢后藏起的春色，在每一个萧瑟的寒凉里取暖。花有千万种，却独爱一支紫色藤蔓向上的延伸，那是初逢时你冬的围暖就此惊心。春天很远，把绿色描摹在文字里铮铮地许下一生。那一天在一盏茶色里蘸唇浅尝的笑意，随春风度了玉门，重现千年不破的楼兰。

花开花谢，时间就是一把尺子丈量着季节，丈量着心情，把岁月的冷暖留在寸尺之上。距离却没有顾及时间的长短，只把世间真假衡量，来去安然。

此情可待，季节可依，流水般的文字记录着每一次抗争的理由，在凌霜的那一刻倔强而不低头。清痴执守的梦里，时间不给我喘息的时机，冬雪未临的寒瑟中百花无以为继。我在孤夜里等待黎明，终于知道有些认知总在争吵中得以统一，就像每一种植物必须生长在相同的季节。

天渐渐冷了，春夏的热情逐渐安稳，成了岁月中相守的平淡。即使岁月离去也不再去妄自沉沦，墨色里的春天在掌中的色盘上慢慢调成，一场锦绣便是你成竹在胸的画卷。

春天还会来，一个人就此在文字里寻暖。指尖敲打的音律与每一次到来的步履同步，关顾的身形就此生香。有一首歌谣可以传唱千年，有一种温柔也会捧在掌心，一如那年我贴近的呵护里为你枝头梳理柔曼的春意。

好想，在这个晚秋里听到一句旧时的昵称，落花成冢，朔风却吹不响一曲离殇。一声呼唤就是及早破解的东风，红尘之上，独自婉转！

第七章

春上眉头，日暮红霞远

风动发扬，四月的暖吹动你的裙袂，翩跹的身姿随季节妖娆，那一季雨水从此泽润了你青春的颜。冬天离开的时候留下没有来得及融化的雪，远方却早是一片青黛，绵密的细雨洗了尘浸，和煦的风轻柔了四月的明媚，你的踪迹悄然带来了五月的水翠。青山倒影，小溪轻畅，把春天的欢歌萦绕成风的横笛悠扬在耳边。

天涯外的水色温润在心中，那些明媚只是轮回里自然的展放，相携而来的鲜艳衬托着心底盛开的陶醉，轻盈漾在唇边。紫色的风衣拒了春寒，长发飘逸多了婉约。守候的春色染了桃花的娇羞，留驻了目光中无法离去的渲染。

随风走近那些苦度的日月，爱的传说不再是叹息里的沉重，深埋的记忆成了岁月里的琥珀，悲烈化作掌心的玫瑰，醒目了风雨传情的彩艳。曾经的奢望是杯弓蛇影里的小心翼翼，你的柔情拂去红尘里最后的一丝纷扰，平息了多虑的杂念。

收了愤世妒俗的念头，染雪的鬓霜攀附在青葱的年华，不再博取冬雪的怜看。你是二月的柔，呢喃的唇语贴附在失聪的耳边，随季节的暖流把翻冷的色调席卷！

一切不再是空洞的想象，温婉的清颜把一生沉重驱赶。如果一切只是俗念的回首，眉下轻苍的徘徊坚定成相守的断然。抹去岁月的苍凉随风穿越生命永恒的春天，把心仪的执手微扬成唇角的月弯。

心情随春风一起舒展，流离辗转后纷杂的喧嚣难以侵扰聆听的心语，隔世的张望穿引了尘缘的相连。纵有疏离的缺却，你的心柔也会抵及梦的承接，在午夜盈盈的笑意是心头亭立的莲。笑尽春风，苦渡忘川，等待的季节不再是人面不知何处去的忏枉。江南一抹桃艳陪四月梨花如雪，而伤别的烟柳不再悬挂挥手的泪滴，那些澄澈的晶莹是琉璃般的心思，梦里家园在翩然归至的惊喜中随风满怀！

烟柳绽开了梅蕊般的娇黄，拢发时有你笑靥里的霞灿。季风就这样把沉睡的荒原染翠，你的清秀伫立在江南的水湄之上。桃花有意，江南的风在颜间着暖，春的气息缓缓而来，冬天蕴的蕾便悄悄地挂满了二月，把三月的春望及早地盈满。曾经人面不知何处去，柳色新新便是季节的梳妆，走过四季，在时光的隧道中走过一条路，风吹裙袂，春的盛装在季节里临现，还我旧日的夺目。你还是我城外的那个女子，只是那些旧日题门的惆怅换作今日的欢容。青丝垂，绾了心结，走在阡陌红尘，时光的皱褶里不再是隐藏的等待，即使岁月有痕，额间落满的不再是叹息的尘落。

风狂雨骤三月暮，桃花雪更衬你灼日的明艳，深浅处，吹落霓裳。桃花坞外的嫣红十里有一夜春风苦渡，思念开在眼角，欢乐在脚步下翻跶，梦里桃花点染额间血红的朱砂，只因为那一世捧盏的盈笑，搅动心的涟漪。

君胜百花，入帘引梦，岁月的荒凉自此添了盎然，在苍茫的岁月中把未来的祈言随花解语。岁岁枯荣更迭，步步胜却酴釀，笑靥镶嵌在桃瓣之上，剪烛对视，挑亮前尘的明灭，拈花的指还我梦里的妆成，一袭盖头艳似户外桃红，暖似我桃花模样。

与季节同行，走在这漫漫三月，风满袖，散落的芳香制成存世的佳酿。或者你就是保存多年的桃花笺，在城南的一场相遇里把薄命的红颜化作墨色侵染在爱的扉页。那样的错落是江南荷塘下的月色，在浅吟低唱里桃花朵朵开！

第八章

雪　晴

傍晚的时候，朦胧的天空飘下第一片飞羽，这个冬季结束后的第二场雪，在情人节这天不紧不慢地飞舞着。这该是春雪，在猝不及防的二月铺天盖地，凝视窗外，六角的花瓣伴着春寒弥了暗香，站在院子中伸出双手虔诚地捧接落下的雪花，感受她迟来的温凉。

此时，你在远方欣喜这江南罕见的雪，满庭的香樟树上堆积了晶莹的厚重。倚窗，柔发及肩，手中的香茗氤氲了情致的无忧，把同样的欢喜投注在远视的目光里寂然欢喜。

雪意江南，总有我静然相承的等待，落雪的午夜把快乐的感受淋漓成指尖的感怀，期盼你的身姿随一片飘落的羽片无声降临。青丝柔絮，羽衣若雪，刹那间，你便是掌中轻灵的雪花融化在梦的枕边。

透过雪幕，灵魂飞翔在混沌的天空，纵然沾满寒冷，一切都是眷念的缱绻。雪花落满你辗转的路，肩头紫色的围暖衬了跋涉的颜，随梦的落羽揉进了一个透明的想念。

思念如雪莲的根生，长短相伴的冬天，总埋怨着江南无雪，直至二月的风催开了案头如雪的白梅。素白的花瓣在绽开中嵌了嫩黄的丝蕊，仰羡北国满天飞雪，雪烟涤荡浮荡的杂念，而江南的烟雨温我苍凉的夙愿。千里外的江南青黛如眉，把披尘的疲惫在午夜的寒灯下随你城市的灯火一起明灭，思念有隙，灵魂便出了心窍，纵然迷离，也把伤别的柳葱郁成一段隔空的情随。

触摸雪的轻柔，这场雪终会孕育了春天的绿野，而此时户外融化的雪已浸透干涸的土地。待阳光朗照，那些摇晃的足音会在相拥的怀抱中落定，还我一个阖目微嗔的惊喜。

那时，你裙袂轻摆，不再有遍插茱萸少一人的叹愿，携手登高，方知缘深尘浅。满山的红杜鹃有鲜红的盛放，而一场春风弥补了唇间久违的笑靥。感谢这一季的雪灿，那些晶莹的圆润把等待的相临欢悦成烂漫的挽行，秉烛成诗，不再有呵手为伊书时落寞的镶嵌。

失了前世，便把相逢执手成今世的并肩，拾取走过的零碎，拼凑未来的完整。尘埃扰目，俗念止却不了勇往的直前，纷杂的人海中，雪的痕迹清晰可辨，弱水三千，终是我一瓢饮。

融雪的斑驳是沧桑年轮里饰点的苍翠，走过重重山水，雪的玲珑是雨的妆成，媚了一方山水。四季的旖旎有点滴的陪伴，把今世的约定在红尘中相牵，在拥抱的羞怯里，俯近唇色泽润的明艳。

梅与雪相息，娇俏的典雅中傲雪无惧，唤醒生命潜伏里的勃然。萌发的初愿如枝丫间盛开的清香，雪映窗，阳光破晓，难觅的雪晴近了我痴待的春风，一片暖阳融化了檐上厚积的冰雪，含苞的春蕾，偿纷飞的愿。

雪霁天晴后奔赴春天的相约，在水乡泽国摆舟迎渡，两岸青黛笼了四月的云烟。旅途的行囊装满冬天的渴望，走过今日，已渐忘了同行途中目光的纷杂，无意掠过的风景或消失，或隐藏。一个冬天被放在了身后，而春雪依旧肆意着寒瑟，把春的气息刻意地阻挡。

相惜醉红尘，相看两不厌，经年少见的桃花雪不能停下你的脚步。贴近的柔夹裹着满腔柔情在脸上开出灿烂的酝酿，这份心怜最终随你深情的扑拥，圆满了相见的倾醉。经历了太多的煎熬，心底潜藏的火焰被春色开合的娇媚点燃，驱尽了畏缩的慌张。如水的眸晕染了阑珊的夜色，旖旎了季节的春光。

梨花带雨，天晴后的一缕阳光照亮相牵的坦然，游离不定的胆怯在展眉含笑的从容里烟消云散。不再漂泊，曾经的苦觅在港湾中落帆，走过这一季，生命便融在一条奔腾的溪流，与细碎的时光中把分割的等待聚拢了一个完整人生。把浅浅的足迹留在江南，乌篷船的欸乃，西塘的酒馆，竟都有我们家的模样。粉黛回廊下仰首含羞，独醉在这一方水媚，占尽人间春色。

奔赴淳安，细雨更稠，陌生的街道有你胆怯的跟随。拉紧手，一把纸伞下躲藏四顾的眼神，淅沥的绵密中只有庭花落雨艳了花容。临街的酒店，一盏橘黄的台灯下把倚窗的话语和着雨点的节奏笑成了温暖的诉说。这一生相约点染了四月明媚，江南的精致也揉进了风骨。把未来搁浅在今生，冬天的雪花换作绽放的花红，在四月的锦簇中行走，爱，已填充了季节的荒芜。

第九章

相惜醉红尘

立春之后，阳光瞬间就暖了起来，城市的色彩清新了饱满，你把清秀的颜融入城市的人流。安然行走，惬意微笑，把春天的欢喜舒展在弯弯的眉梢。

渡过了一季冬的凛冽，君若梅，春的向往蕴藏在盎然的枝头含苞怒放。远山依旧有雪，烟波浩渺处却有了草色的遥看，青丝随二月风撩动思念，在撩发的瞬间梳理这个季节凝望的相守。

江南山色已经见绿，一碧江水清澈如镜，抚花的指无声地穿越我的意念，把梦里的轻柔在近处轻轻落定。触念，尘埃的拖染已无法撼动这样的神往，几世等待的时空终有你点饰的苍翠。惜红尘，感知生命如歌，前尘今生挽成生生相印的重叠，流浪的心收容在无求的梦。春风剪过柳梢，你就成季节里一片新绿，依偎春暖裙袂翩跹，从容相伴的坦然。四月的梨花笑尽春风，和三月桃花对比，展现的洁白依旧是梦里的堆雪。

找不回过去，一定要把握今天，细心捧接你同行的追随，生命的尘扰在坚定地淡泊中散去。那一刻，把梦的栖息留给有你的夜晚，在秋澜冬至的凉瑟依靠。取雪，泡一壶翠绿的香茗，氤氲的水气荡涤了浊世的清欢，沾唇的笑意靠近。待窗外雪烟散尽，那些畏惧的迟疑变成对盏言欢的盈盈。因然，你羞涩的容颜和唇色的明艳，在阖目的无声里俯落……

不悲不喜，围揽的心城饰点梨花的轻缠，这场花约便是真实的再现。或许，某些顽劣的倔强和沉默的腼腆只是把一种固执的念随心付出，那些无错的倦怠在斑驳的年轮里还是期待一场红尘的并肩。梦若梨花，君若雪颜，沧桑的疲惫随你展放一季的明媚，让世俗的目光抛落，把目光停留在你的雪原，是否一切如愿？我用心倾听那一场雪落，细碎的记忆能否润泽风干的遗憾。

冬季的独白覆盖了如梦的莹洁，沉湎在白色的记忆，释放不了心中思念的捆绑。西风烈酒在飘然的轻絮中伴一夜微澜飘散，抖动忧郁的羽毛。雪纷飞，谁把无声的灵动唱响了红尘世事的悲欢？

这样的季节，我在听雪，看银装素裹，把生命的感触留下一段岁月的有痕。

记得初遇是三月，多年未见的一场桃花雪一夜之间把小镇妆点得空茫而静朗。擦肩回首，你的冷傲在折雪的刺骨中凛凛不可犯，片片雪朵侵啄酡红的靥。颊是初雪的隐藏，雪花融化在紫色的风衣上，那一瞬便升腾无数的念。

小心走近你，把化雪的暖意融进凄凉的寒，目光的薄淡是一种怎样的欢悦。记得春后有雨委婉，我把季风在纤柔的心海摆渡，吹落漂泊的尘霜。

想那场雪的相陪，目光与户外的冰寒呼应。雪情，润了秋的干涩，重了春寒。守望晴好的天气来临，约你一起踏雪，在吱呀的雪地蜿蜒一段并肩的行走。雪映桃花，芙蓉如面，风抚你净爽的颜，那一刻，你是天地间最好的凝妆。

久违的雪至，平添难以言表的画意，懂你，便把一种宽容接纳柔弱的孤怜。生于江南，细致的温煦在突来的寒潮中透了衣冷，买一件厚厚的羽绒服，精心钩织的鹅黄色绒帽搭配一条紫色的围暖。走在积雪的石板桥，笑容再无半点的畏缩，敞开心门相约成行，于一个朗静的午后游园。雪漫天飘舞，疏影浮香，桃花含雪，葱郁的枝丫在积雪下如你遗世的独立。相视宛然，目光透着暖烁，我们在桃林中堆起了雪人。随手摘下你的绒帽戴上，看着一对雪人哈哈笑出了声。你如小鸟的依偎，把你冻僵的手放进温暖的袖，暗香满怀，拥绝世绮情，欢快的笑声惊动了枝头的雪落，那天，你灿如桃花！

雪亦倾城，柔肠无由醉，江南梨花如雪四月天还有雪的想象，烟柳蒙翠，更有细雨斜织。雪成就了冬的缘结，额间的疏离烙下唇暖的轻怜。情系于斯，无论春媚秋澜，终难抵这一季雪的沉醉。

不计前尘冷暖，多少青春花事荡尽了尘烟，归来去兮，奈何人千里，咫尺天涯，挥袖有凭。空看雪径无人归，牵手的苦恋在第一杯茶香氤氲时，把化雪的意融入你深情的盏间。

等待切切，嗔今夜孤寒无暖，叹此情无计可消。有怨入眉，用残酒驱寒，丝丝叹息如江南折柳声声。你在北方凝阶赏雪后是否犹记那年的游园惊叹，一幕镌刻的镜像在心里铺开：听雪时，雪落沙沙如絮，一树梨花溶了眸间的凝望，肆意铺洒了四季的篇章。

铭记相爱的丰满，距离不再是一种阻隔。雪念挂于眉梢，转瞬的相牵在呼吸的缝隙间贴近，俯视的接暖安然簇拥这重逢的燃烧。那个冬天心意随了苦愿，牵你素手把雪藏的心事冲沸碧绿的茗香，为旧时留存的深情续盏……

第十章

大雪满弓刀

那一场雪夜的潜逃再无一兵一卒，漆黑的夜呼啸的风在雪地上狂卷，零碎的脚印转眼间被雪覆盖，一阵风打着旋涡，染血的旌旗被夕阳带走，群山伫立，天地苍茫……

告别这样的严寒雪夜已经很久，雁门关外的记忆和雪一样飘落，一缕青丝也沾了白霜。小小的雪花像碎落的星星在寒冷的山峦铺上一层慵懒的素妆，踏雪而来脚下的吱呀声只为陪伴你寻梅的悠闲。笑脸如梅，一身雪裘裹着前世温暖在千百年的古战场上寻觅命运的着点，很多思念便如雪魂不散，呼唤岁月中丢失的曾经。

雪落在山坡上，一树瘦梅在雪的簇拥下显得有点臃肿。那年走后，化雪的春风在阳光下折射季节的眼泪，失守的城池破碎的河山被外强入侵。染血的战袍绽放的血花恰如眼前的梅红朵朵，这大雪的沁寒里你的裘衣遮挡了时间的伤口，在树的纹理中找到缘分的年轮。

记得珠帘卷处，满山寒枝被时间脱水再也没有春夏的纤绿，几簇小小的花骨朵在寒风中颤抖，空野荒茫地一人赏梅的心思不再提起。约定归来的节气里少了红泥炉火前的依偎，总是嗤笑我没有这场寒流来得快，归期未定时僵化的表情逐渐和山色融在一起，只能在大雪封门的夜用一盏灯笼引路。

寂静等待，在等待里酝酿重逢的欢喜，这个季节回到北方，嘘寒问暖的惊喜破解等待的困局。你没有想过，轻骑逐寇的铁血男儿在那样的月黑风高夜走了几千年都没有停步，如今的红尘斗场有些记忆更成为战场的号角，看天地间的雪帐成为古人招魂的素幡。

记得那个清晨积雪淹没了脚，在街上蹚出的路跌跌撞撞一路同行，天色已经大亮，可是那座北方小城肃然得令人惊叹。那是生命中最早的一场初雪吧，看雪的欣喜让生在南方的我忘了这雪地难行。沿着街道去城外寻找你常说的梅林，你跟在后面将这片梅林的传说阐述得很彻底：古老的梅树是古战场上将士的身躯，一朵朵梅花都是鲜血的浸染。更说起黑夜的屏障隔离过望乡的双眼，很多时候在灯光投射的影子下看一片片雪花如流星缓缓落下。你对着长空许愿，待断桥落雪时所有的心事也能破冰……

山路崎岖，梅枝遒立，鲜红的颜色点缀这片瑰丽山川。一株梅花衬你的静颜如雪，遥远的号角和北风席卷而来，一卷泛黄的汉乐府再也不会衍生出相同的故事。

国盛民安，万里疆土固若金汤！

翻过一座山坡眼前出现大片的开阔地，这就是金戈铁马践踏过的古战场，三面山峰只留下北方一个出口，那就是单于遁逃的唯一出路。无法在卢纶的《塞下曲》中寻得任何蛛丝马迹，硝烟散了，那一场杀戮过后，一段历史时刻警醒着后来的人：一个朝代的兴亡不是一场战争胜负所决定，而是统治者对国运民意准确地把握……

说着这样的闲话，你却像个孩子似的凝神，或者你想的只是在这样的季节里不再独倚栏干看梅赏雪，贪奢的心将来世也划入许下的领地。雪花三三两两地在天空中舞蹈，捧接的双手仰起的笑脸和眼前的景色融合在一起，绿色围巾束缚长发的散开，陡然弯腰捧起的雪洒出一片雪烟，唇角扬起久违的快乐。

不再担心离开后失去快乐的记忆，那场雪花中你站成梅的模样，双脚深埋在雪中，一条围巾延伸春天的翠绿。过不了多久，这片山坡披了春天的衣色，那年笑语中的传说和梅香一起传递给后来的岁月，让冬天不再漫长……